옮긴이 **박해영**

고려대 철학과 졸업, 동대학원 언어철학을
전공했으며, 독일 마인츠, 콘스탄츠, 아욱스
부륵 대학 과학철학 박사과정을 이수했다.
　그동안 독일 내 교사연수프로그램 진행
및 통역을 했고, KBS일요기획 외주 프로
덕션 제3영상의 독일 취재 코디네이터 겸
통역사 및 독일 수상국 직속 외국인방문객
영접 전담사무국 internationes 소속 통역
사로 활동했다.
　현재 기업의 독일어 컨설턴트 및 전문
번역·통역사로 활동 중이다.
　대표적인 번역서로는 역사팬터지 소설
『여명서클(전11권 : 2004년초 출간 예정)』
이 있다.

검은 양도 기도할 수 있다

검은 양도 기도할 수 있다

요한네스 파우쉬·게르트 뵘 지음

박해영 옮김

하느님을 믿진 않지만,

그럼에도 불구하고 기도를 하고 싶어 하는 모든 사람을 위하여

차례 | 검은 양도 기도할 수 있다

제6장 몸의 움직임의 기도

제7장 그대 삶을 활짝 펼쳐라

●———— (기도를 위한) 서문 아닌 서문

기도에는 서문이 없다. 서문이 있다 해도 그것 역시 기도다. 그렇지 않다면 그것은 아무것도 아니다. 그렇기 때문에 기도가 주제인 이 책도 또한 서문이 있어서는 안 될 것이다.

서문이라는 것은 대부분 지루하다. 그것은 책 속에 들어 있는것, 또는 아예 실려 있지 않은 내용을 요약해 놓은 것이다. 이따금 책 속의 내용을 정당화하는 글일 때도 있다. 하지만 여기에서는 이 책의 내용을 정당화해야 할 필요가 없다. 이 책에는, 귀를 기울여 주의 깊게 자신의 삶을 만들어가려고 하는 사람들에게 일어날 수 있는 삶의 이야기와 그들에게 떠오를 수 있는 생각이 담겨 있다. 삶이 그 자체로 기도를 쓰고, 또 기도하는 사람들의 형상을 빚어낸다.

이제 당신이 시작한다고 생각해 보자. 그리고 시작하기 전에 긴 서두의 말을 꺼낸다고 생각해 보자. 예컨대 이렇게 말이다.

"사랑하는 하느님, 당신은 알고 있습니다. 오늘 하루 종일 나를 쫓아다니며 내 목을 조였던 모든 것을 당신은 알고 있습니다. 아내는 나를 화나게 했고, 아이들은 버릇이 없으며, 난 완전히 돌아버릴 지경이 되었습니다. 그래서 오늘은 정말로 기도하는 게 힘듭니다. 기도하는 게 좋겠단 생각은 들지만 말입니다. 많은 생각이 뒤죽박죽이된 채 머릿속에서 윙윙 날아다니고 있습니다. 내가 주위 사람들에게 충분히 신경을 쓰고 있는지 모르겠습니다. 그리고 지금 당신에게 충분히 집중하고 있는지도 잘 모르겠습니다.

아, 금방 생각난 게 있습니다. 카타리나 아주머니에게 전화를 해야 할 텐데. 오늘이 아주머니의 생일이거든요. 하지만 내일로 미루죠 뭐. 왜냐하면 오늘 내게는 또다시 기도하는 게 아주 중요한 일이 되었기 때문입니다. 그런데 만일 기도가 내가 바라는 만큼 제대로 되지 않으면 어떡하죠? 그래도 너그럽게 봐주시기를 바랍니다. 내 컨디션이 별로 좋지 않은 것 같아서 미리 하는 말입니다. 마치 내가 검은 양이라는 느낌이 들고……."

이런 식으로 몇 마디 더 계속할 수는 있다.

그러나 이것은 기도를 위한 서문이 아니다. 내가 그것을 기도라고 부르든 그렇지 않든 그 자체로 이미 기도인 것이다. 나는 하느님 앞에서 나 자신의 영리한 생각이나 멍청한 생각, 그 어떤 것에 대해서도 정당화할 필요가 없다. 실제의 내 모습 그대로 하느님 앞에 설 수 있다. 내가 적합하다고 생각하든 그렇지 않든 간에 내가 겪은 모든 경험을 하느님께 알려줘도 된다.

그렇지만 이 말은 해두는 게 좋을 것 같다. 나는 이 책을 기도서라고 생각하고 쓰지 않았다. 이 책은 살아오면서 경험한 많은 일 중에서 내게 특별히 중요하고 기억에 깊이 남아 있는 순간들을 골라 엮은 것이다. 그리고 이 말을 하면서 내가 바라는 것은, 이 책을 읽는 당신도 삶의 경험들을 뒤돌아보면서 삶과 그 속에서 경험한 모든 것을 하나의 기도로 바라볼 수 있었으면 한다.

그리고 검은 양에 대해서도 이 자리에서 언급하는 게 좋겠다. 아마도 많은 사람이 말할 것이다. 자기는 검은 양이 아니라고. 또는 자기는 무엇이 검은 양이고 무엇이 흰 양인지 분명히 알지 못한다고 말이다. 나는 검은 양과 흰 양 그리고 좋은 기도와 나쁜 기도를 구분하는 것은 불가능하다고 생각한다. 중요한 것은, 양과 기도라는 점이다.

무엇을 좋다 나쁘다 하고 평가하거나, 또는 희다 검다 하고 말하는 것은 대부분 우리가 살면서 경험한 것들에 비춰보는 과정이며, 또는 다른 사람들을 볼 때 색안경을 끼는 과정인 것이다.

이 책은 어떻게 기도해야 하는지를 이미 알고 있는 사람들을 위한 것이 아니다. 따라야 하는 지침 사항이나 기도문이 있는 공식적인 기도서를 기대하는 사람들도 이 책을 조용한 가운데서 집중해서 읽기란 아마도 쉽지 않을 것이다. 그런 사람들을 위해서는 좀더 유용한 책들이 있다.

그렇다면 이 책을 현명하게 읽기 위해서는 어떻게 해야 할까? 무엇보다 관심을 기울일 줄 아는 마음을 열어놓고 약간의 시간을 낼 준비가 되어 있어야 한다. 이 책에 그려지는 경험들을 읽으면서 자신의 삶의 언어로 번역해 내기 위해서는 그런 마음과 시간이 절대적으로 필요하다.

이 책 속의 어떤 이야기로도 아무것도 시작할 수 없다면 내용을 대충 훑어보기만 해도 괜찮다. 다만 그렇게 한다면 한 가지 부탁할 게 있다. 이 이야기들을 접하면서 화내는 일은 없었으면 한다. 당신을 화나게 하거나 혼란스럽게 하려는 의도는 없다. 나의 관심은, 여러 가지로 힘들고 혼란스러운 삶의 한가운데서 하느님과 함께하는 삶을 가능하게 하는 이정표를 발견하는 것이기 때문이다.

물론 나는 이 책에 담긴 생각과 경험으로 당신이 무엇을 하게 될지 자못 궁금하다. 내가 내뱉은 말과 생각이 실제로 '귀에 와닿는지'도 모르면서 자신의 삶의 경험을 다른 사람들과 나누는 것은 쉽지 않은 일이니 말이다.

터키의 이곳저곳을 여행한 적이 있었다. 그러던 중 한번은 이스탄불의 저잣거리를 어슬렁거리며 돌아다니다가 우연히 늙은 이슬람교 탁발승의 이야기를 듣게 되었다. 그의 이야기를 귀 기울여 듣는 것은 매력적인 일이었다. 뿐만 아니라 그것보다 더 인상적이었던 것은 이야기를 듣는 사람들을 관찰하는 일이었다. 청중은 큰 무리를 이루고 있었는데 하나같이 눈과 귀를 열고 이 이야기꾼에게 사로잡혀 있었다. 그들은 기쁨과 슬픔, 희망과 절망으로 가득 차 있어, 듣는 사람들을 울고 웃게 만들며 그들의 마음을 움직여 쥐고 흔드는 노승의 이야기에 사로잡혔던 것이다. 나 역시 그의 이야기에 매료되었다. 그 노승의 말은 처음부터 끝까지 정곡을 찔렀다. 나는 그의 눈에서만이 아니라 청중의 몸에서도 그 사실을 알아볼 수 있었다.

노승의 이야기는 상당 부분을 이해할 수 없었다. 그럼에도 불구하고 나는 한 이야기가 끝날 때마다 은혜에 겨운 마음으로 넘어갈 수 있었다. 그것은 무엇보다도 이 늙은 탁발승이 이야기를 마칠 때마다 청중 앞에서 머리가 땅에 닿도록 몸을 굽혀 잠시 그 자세로 있다가 다시 허리를 펴 몸을 꼿꼿이 하고 다시 몸을 굽히는 식으로 두세 번 되풀이해서 절을 했기 때문이다. 어느 정도 시간이 지나자 나는 그와 친해질 수 있었다. 그가 또 하나의 이야기를 끝내고 다시 청중 앞에서 바닥에 머리가 닿도록 절을 했을 때 나는 그에게 물었다. "왜 매번 청중 앞에서 그렇게 허리를 굽혀 절을 하는 겁니까?"

늙은 탁발승이 대답했다. "당신들의 귀와 마음이 없다

면 내 이야기가 무슨 소용이 있겠습니까?”

내게 귀를 기울이는 사람들의 귀와 마음이 없다면 내 삶은 어떻게 될 것인가? 읽는 사람이 없다면 내 책은 무슨 소용이 있을까? 내가 그 누구에게도 마음을 쏟을 수 없거나 아무도 내게 마음을 써주지 않는다면 내 삶은 어떻게 될 것인가? 하느님이 내 말에 귀 기울이지 않고, 내게 마음을 두지 않는다면 내 삶은 어떻게 될 것인가?

마음을 둔다는 것은 사랑과 존경의 표시이며, 나와 다른 사람들에게 생명을 준다.

나는 오늘 이 책을 손에 든 당신 앞에서 허리 굽혀 절을 하고 싶다. 왜냐하면 당신은 전혀 알지도 못하는 나를 이렇게 우연히 만나서 내 이야기에 귀를 기울여주고 있기 때문이다. 또한 언제 어디서나 우리에게 마음을 두고 있는 하느님 앞에서도 허리 굽혀 절하고 싶다. 나는 누군가에게 마음을 둘 때면, 항상 나 자신에게도 마음을 두어 내 마음의 움직임에 주의를 기울인다.

다른 사람에게 마음을 두어 그를 사랑하는 것은 나 자신을 진지하게 받아들이고 존중하는 길이 된다. 그리고 내가 이 모든 것을 행하는 동안 하느님도 아마 그렇게 하시리라 믿는다. 하느님은 우리 모두에게 마음을 두어 이를 통해 생명을 주시기 때문이다. 따라서 나는 당신에게 내 마음을 두기를 원하고, 당신도 역시 그러기를 바란다. 그렇게 함으로써 우리가 서로를 이해할 수 있는 길이 열릴 것이다.

오늘 나는 생명을 선물로 주고 기도를 가르쳤던 분들에게도 허리 굽혀 절을 한다. 특별히 삶에 귀 기울여 그 어떤 사소한 것도 존중해야 함을, 비록 고통스럽고 힘든 것일지라도 삶의 움직임 하나하나를 바라봐야 한다고 내게 가르쳐준 분들 앞에 허리 굽혀 절을 한다.

그리고 우리 수도원에 와서 이야기를 나누고 기도하는 모든 분께 깊이 고개 숙여 절하고 싶다. 특히 굿 아이히(Gut Aich) 수도원의 형제들이 하느님을 찾는 길에 동행해 주어 감사한다.

기도를 위해서는 감사하는 마음이 가장 훌륭한 서문일 것이다. 모든 검고 흰 양이 감사할 수 있기에.

— 요한네스 파우쉬·게르트 뵘

제 1 장

기도가 눈에 보이는 건 기적이 아니다

좋은 말과 좋은 생각, 무엇보다도 축복의 말은 한 사람의 삶과 그의 유기적인 육체에 직접적인 영향을 미친다. 만일 당신이 누군가를 좋은 생각과 좋은 말로 대한다면, 그의 영혼과 정신의 구조만 변화되는 것이 아니라, 물의 경우처럼 그의 육체의 구조까지도, 나아가 식생활과 집과 주변 환경 전체의 구조까지도 변화시킬 수 있다.

에모토 마사루의 연구

기도, 그건 어차피 아무런 도움이 되지 않는다라는 말을 흔히 듣게 된다. 이렇게 말하는 사람들은 기도를 하면서 내적 체념을 느끼게 되는데, 그건 기도의 효력에 대해 의심을 하기 때문이다. 하지만 이러한 의심 가운데서도 희망이 있다는 걸 느낄 수 있다. 이 희망이 종종 실망으로 바뀌는 경우가 있을지라도. 그리고 어쩌면 기도할 때의 태도와도 관련이 있을지 모른다.

최근에는 특히 이와 관련해서 영적인 삶을 살아가는

기도가 눈에 보이는 건 기적이 아니다

사람들뿐 아니라 많은 과학자가 증명하고 있는 사실이 하나 있다. 바로 생각과 느낌, 감정과 언어가 효력이 있다는 것이다. 가장 인상적인 연구 결과들 중 하나가 일본의 과학자 에모토 마사루가 내놓은 것이다.

일본 과학자 에모토 마사루는 자신의 연구를 『물의 메시지』라는 제목의 책 두 권과 「The message from water」라는 영문 제목을 단 비디오테이프 두 개에 담았다.

에모토 마사루는 여러 다양한 수질을 눈으로 볼 수 있게 하는 모든 가능성을 수년에 걸쳐 연구했다. 그 과정에서 그는 수질에 대한 단서를 결정체 형태에서 찾아내기 위해서는 얼음과 눈의 결정체, 즉 언 상태의 물을 조사해야 한다는 생각을 끌어냈다. 그의 이론에 따르면 순수한 물은 순수한 결정체를 형성할 것이고, 오염된 물은 흉하고 기형적인 결정체를 만들 것이라고 한다.

그는 실험을 통해서 완전히 동일한 결정체의 상을 만들어내는 것은 불가능하다는 사실을 밝혀냈다. 실제

검은 양도 기도할 수 있다

로 어떤 결정체를 같은 모양으로 두 번 만들 수는 없었던 것이다. 그러나 수질에 따라 아름다운 결정체나 기형적인 결정체가 만들어졌다. 그는 물 실험을 통해서 결정체 구조가 변형되거나 완전히 붕괴되는 것은 시료로 사용된 물의 수질이 나쁘다는 사실을 발견했다. 반대로 결정체가 아름다운 것은 수질이 좋은 것임을 드러내는 귀납적 역추론이 가능했다.

이 사실의 확인은 이후 그가 집중적으로 한 모든 연구의 초석이 되었다.

에모토는 수천 개의 물 시료와 결정체 시료로 실험을 했다.

물은 음악과 언어와 생각에 귀를 기울인다.

한 실험에서 에모토는 증류수를 선별하여 얼린 뒤 그 얼음 결정체를 사진으로 촬영했다. 그리고 동일한 실험을 반복하다가 이번에는 물에 음악을 들려주었다. 그가 선택한 곡은 베토벤의 전원 교향곡이었다. 다른 실험들에서는 모차르트의 40번 교향곡 G-moll, 바흐

기도가 눈에 보이는 건 기적이 아니다

의 아리아, 티베트의 수트라 중의 한 곡 그리고 마지막으로 헤비메탈 음악을 사용했다.

결과는 깜짝 놀랄 만한 것이었다. 물 결정체는 각각의 음악 속에 담겨 있는 정서적 분위기에 따라 다른 모양으로 형성되었다. 베토벤 전원 교향곡의 밝고 맑은 경쾌함은 물에도 영향을 미쳐 아름답고 개방적인 결정체를 만들어냈다.

마치 기도처럼 영혼이 내재되어 있는 음악인 모차르트의 심포니는 작곡자의 느낌을 표현해 주는 듯한 전아한 모양의 결정체를 만들었다. 티베트의 수트라는 강한 결정체를 만들어냈는데, 이는 마치 수트라가 인간의 영혼에 말을 걸어 그 육신과 영혼을 강하게 만들 긍정적인 에너지를 발산시켜 준다는 고대의 지식을 확인해 주는 듯했다. 반면 분노를 폭발해 내는 듯한 헤비메탈 음악은 세상을 질타하는 것 같은 모양체였다.

음악 실험을 마친 후 에모토는 말도 물에 영향을 미치는지 알아내고자 했다.

그는 활자로 된 말을 통해서 물과 의사소통을 해보기로 했다.

검은 양도 기도할 수 있다

그가 사용한 문자는 손으로 쓴 게 아니라 컴퓨터로 출력한 낱말들이었다.

그는 유리병 두 개에 증류수를 담고 각각 종이를 붙였다. 병 한 개에는 '고마워'라고 쓴 종이를, 다른 한 병에는 '멍청한 놈'이라고 쓴 종이를. 다음 날 그는 얼린 물 결정체를 사진으로 촬영했다. 결과는 깜짝 놀랄 만했다. '고마워', '사랑-감사', '영혼'과 같은 긍정적인 낱말의 종이를 붙인 물 시료들에는 구조가 분명하게 생긴 반짝이는 결정체가 생긴 반면, '멍청한 놈', '마귀', '못생겼어' 같은 부정적인 낱말을 붙인 물은 실제로도 보기 흉하거나 붕괴된 결정체 구조가 생긴 것이다.

에모토는 쌀로도 동일한 실험을 해보았고, 그가 얻은 결과는 비슷했다.

호키 카토 신부의 기도

에모토는 호키 카토 신부와 함께 오염된 후지와라 제방에서 한 가지 실험을 했다. 이곳의 물 시료에서 얻은

기도가 눈에 보이는 건 기적이 아니다

결정체들은 놀라울 정도로 끔찍한 모양을 보였다. 그러나 제방 위에서 신부가 몇 시간에 걸쳐 기도를 하고 정화의식을 치르고 난 뒤의 물은 매우 아름답고 명료한 육각형의 기본구조를 가진 결정체를 지니게 되었다. 이 실험은 마침내 에모토 마사루에게 돌파구가 생겼음을 의미한다.

결정체를 찍은 사진들은 이미 많은 사람이 들어서 알고는 있었지만, 설명할 수는 없었던 것을 비로소 눈으로 볼 수 있게 해주었다. 이 실험을 통해, 기도의 힘과 목표를 향한 정신 집중이 사물의 물리적 상태까지도 변화시킬 수 있는 충분한 에너지를 보유한다는 사실을 육안으로 볼 수 있게 된 것이다. 에모토는 이 실험 사진들을 통해서 기도와 생각과 감정이 측정 가능한 실재임을 증명할 수 있었다. 종교를 가진 사람들이 알고 있었던 사실을 이 일본인 학자는 연구 결과를 통해서 확인시켜준 셈이다. 말과 생각과 감정은 말하고 생각하고 느끼는 사람에게 직접적으로 영향을 미친다는 사실을 말이다.

예수 그리스도가 이런 말을 했다. "네가 네 형제더러

검은 양도 기도할 수 있다

'멍청이' 나 '바보' 라고 말하면 너는 살인자다." 좋은 말과 좋은 생각, 무엇보다도 축복의 말은 한 사람의 삶과 그의 유기적인 육체에 직접적인 영향을 미친다. 만일 당신이 누군가를 좋은 생각과 좋은 말로 대한다면, 그의 영혼과 정신의 구조만 변화되는 것이 아니라, 물의 경우처럼 그의 육체의 구조까지도, 나아가 식생활과 집과 주변 환경 전체의 구조까지도 변화시킬 수 있다.

에모토가 알아낸 것이 사실이라면—이에 대해서는 의심의 여지도 없지만—모든 종교에 있어서 기도는 지극히 값진 치료의 효능을 지니고 있는 것이다.

그리고 먹고 마실 것에 대해 축복의 말을 하거나 또는 먹고 마시기 전에 기도하는 행위는 의미가 있다. 영적인 힘이 음식을 변화시킬 뿐 아니라 당연히 사람까지도 변화시킨다.

에모토는 그가 물 시료에 붙였던 낱말들, 즉 '사랑과 감사' 에 관한 생각들이 가장 아름다운 결정체의 상을 만들어낸다는 사실을 알아냈다. 그것이 의미하는 바는 이렇게 표현할 수 있을 것이다. 당신이 자신에게, 당신

기도가 눈에 보이는 건 기적이 아니다

과 마주치게 되는 사람들과 피조물에게, 또한 하느님에게도 이런 자세로 다가간다면, 당신의 내면에는 그 어떤 것보다도 아름다운 형상과 구조를 지닌 결정체가 만들어질 것이라고.

사랑과 감사의 기도

사람들은 대개 간청하는 기도만 알고 있다. 그리고 이런 기도가 도움이 되지 않는다고 자주 불평한다. 어쩌면 이런 간청의 기도가 아무런 효력을 보이지 않는 것은 사랑과 감사가 아니라 상처와 불안, 두려움에서 내뱉어진 점에서 그 열쇠를 찾아야 할지 모른다.

에모토 마사루는 이에 대해 또 다른 설명을 내놓고 있다. 그는 실험을 토대로, 사랑은 적극적인 에너지로 또 감사는 소극적인 에너지로 볼 수 있다고 주장한다. 산소 원자 하나(O)와 수소 원자 두 개(H_2)로 이루어진 물 분자 H_2O를 생각해 보면 이 원리를 바로 이해할 수 있을 것이다. 즉 수소 원자는 감사를 뜻하고, 불에 양식을 공급하는 산소는 사랑을 뜻한다.

이것을 이렇게도 해석할 수 있겠다. '소극적 태도'

28

인 감사의 마음은 항상 두 배로 있어야 하지만, '적극적인' 성격을 지닌 사랑은 한 가지 형태로만 있다.

그렇기 때문에 감사는 모든 기도의 기초가 된다고 할 수 있다. 사람은 오직 마음속 가장 깊은 곳에서부터 고마워할 때에만 사랑을 할 수가 있다.

기도의 본질은 무엇보다도 감사와 찬미다. 감사와 찬미가 없는 기도에는 아마도 부정적인 에너지의 그림자가 드리워질 것이다.

감사와 찬미의 기도는 가장 근원적이며 가장 큰 효과를 가져온다.

마음의 힘은 기도와 사람을 변화시킨다.

기도가 효능을 발휘하게 하려면, 무엇보다도 당신의 마음과 생각을 쓰레기로부터—모든 악한 것과 해로운 것으로부터—깨끗하게 해야 한다.

기도하기 전에 마음을 정결하게 하는 의식은 거의 모든 종교에 있다. 감사와 찬미가 마음에 그대로 스며들게 하기 위해서라면 기도하기 전에 손과 발과 얼굴을 씻는 의식을 행하든, 영혼과 육체를 깨끗하게 해달라고 간청하는 의식을 행하든, 그 형식은 결코 문제되

기도가 눈에 보이는 건 기적이 아니다

지 않는다.

　이른바 간혹 '믿는 사람들'이 실제로는 믿지 않는 사실—기도와 생각과 감정이 힘을 지니고 있다는 사실—을 오늘날의 과학자들이 증명해 보이고 있다. 감사와 찬미, 간청과 축복의 말은 살아가면서 언제나 맞닥뜨릴 수밖에 없는 인간적인 한계와 장애를 뛰어넘어 우리 자신이 변화되고 치료받을 수 있는 기회를 가져다준다.

검은 양도 기도할 수 있다

제 2 장

놀라운 기도의 힘

우리도 그렇게 기도할 수 있다. 두 손을 모아 기도하든지, 하늘을 향해 뻗어 올리든지, 아니면 바닥에 무릎을 꿇고 머리를 땅에 조아리든지, 그 것도 아니면 아무 생각도 말도 생각나지 않아 바닥에 누운 채 그냥 이 자세를 기도로 받아달라고 간청을 하든지, 그 어떤 기도든지 하느님은 들어주시고 또 받아주신다.

좋은 생각

자신의 삶과 다른 이들의 삶 속을 들여다보면 그 속에서 기도가 눈에 띄지 않는 경우가 종종 있다. 왜냐하면 무엇이 기도인지 모르고 있기 때문이다.

특히 말로 하는 것만을 기도로 생각한다면 안타까운 일이다. 사람들은 대개 경건하고 좋은 말을 하거나, 적어도 경건하고 좋은 생각을 할 때에만 자신이 기도하고 있다. 하지만 기도에는 여러 형태가 있다. 자신이 처해 있는 다양한 삶의 상황, 그리고 사람들을 비롯한 하느님과 맺고 있는 관계에 더 깊이 감응할수록 얼마나 다양한 형태로 기도할 수 있는지 충분히 짐작할 수 있다.

우리는 가끔 기도를 하기 위해 무슨 말을 어떻게 해야 할지 모르겠다거나 기도할 시간이 없다는 말을 한다. 우리는 많은 일을 한다. 그러면서도 그 일들을 할 때 갖게 되는 기본적인 자세가 좋으면 행동 하나하나까지도 기도가 될 수 있다는 사실은 모른다.

내가 레온하르다 수녀님을 통해서 얻게 된 체험은 그 한 예다.

수녀님은 테텐바이스Tettenweiß 수도원에서 살고 계셨다. 그분의 삶은 헌신 그 자체였다. 수녀님은 자신을 위해서는 그 무엇도 바라지 않으면서도 하느님과 다른 사람들을 위해서는 마음을 활짝 열어놓고 계셨기에 그분의 행위는 순수 그 자체였다. 수녀님은 기쁜 마음으로 사셨고, 즐거운 마음으로 돌아가셨다. 고령이 되어서도 수녀님은 농사를 지었다. 씨를 뿌리고 걷어들이는 일이 수녀님 자신을 잘 익은 열매로 만들어주었다.

수녀님이 여든 살을 넘긴 지 꽤 오래되었을 때였다. 기력이 점점 사그라지던 삶의 끝자락에서도 그분은 여전히 즐거운 마음으로 정원에서 일을 하셨고, 힘이 닿는 한 젊은 수녀님들을 도와주셨다.

어느 날 나는 정자 앞에 계신 수녀님을 발견했다. 수녀님은 잘 포장된 앞쪽 길바닥 위에 물을 가득 채운 커다란 대야를 놓고, 그 안에 있는 낡은 화분들을 나무뿌리로 만든 솔로 문질러 닦고 계셨다. 그 일을 하면서 휘파람을 섞어가며 노래를 불렀다. 화분을 하나씩 닦아 해가 잘 드는 포장된 길 위에 갖다놓으면서 혼잣말로 중얼거렸다. "아흔여덟 번째 불쌍한 영혼…… 아흔아홉 번째 불쌍한 영혼…… 백 번째 불쌍한 영혼……."

한참 동안 수녀님의 혼잣말을 귀 기울여 듣고 있다가 수녀님께 물었다.

"화분더러 불쌍한 영혼이라고 하시던데 도대체 무슨 뜻이에요?"

수녀님은 마치 자신의 행동이 누가 봐도 알 만한 지극히 상식적인 것인 양 나를 쳐다보았다.

"나는 하느님과 계약을 맺은 게 있어요. 내가 화분

하나를 깨끗하게 닦아놓을 때마다 하느님은 지옥 불에서 영혼 하나를 구해 주실 거예요. 오늘로 벌써 백네 개가 됐어요.”

이 수녀님은 그 마음의 순수함으로, 하느님의 사랑과 자비로움에 대한 확신으로, 그리고 선한 의지와 실천으로 백 네 개뿐 아니라 그보다 훨씬 더 많은 불쌍한 영혼을 구했다고 나는 믿는다. 그분의 삶은 그 자체로 하나의 기도였다.

항상, 그리고 틈 날 때마다

가끔 어떻게 내면적인 기도자세에 이를 수 있는지 묻는 사람들이 있다.

우리가 도달해야 할 궁극적인 목표는 실제로 삶 전체가 기도가 되는 것이다. 이것은 우리 마음속에 하느님을 찾아 나서겠다는 확신과 삶의 자세가 굳어질 때 비로소 가능하다고 나는 믿는다.

오래도록 나와 함께 수도 생활을 해오고 있는 하인

검은 양도 기도할 수 있다

리히 브룸바흐 형제의 직업은 다양했다. 간호 보조, 서무실 보조, 수도원장 비서, 어부, 목자에 이어 수년간 수도원의 야간경비로도 일했다. 그는 여러 일을 동시에 하는 경우가 많았고, 형제들이 모두 함께 하는 성무일과에 참여하는 일은 드물었다. 그러나 그렇다고 해서 다른 형제들이 이를 기분 나쁘게 받아들인 적은 한 번도 없었다.

한번은 내가 그에게 이렇게 물어본 적이 있다. 밤에는 야간경비 일을 하고, 아침에는 간호 보조 일을 하고, 그 다음에는 어부 일을 하고, 다시 간호 보조를 하면 도대체 기도는 언제 하느냐고. 그가 대답했다.

"항상!"

그리고 덧붙여 말했다.

"중간에 틈 날 때마다."

그는 말을 많이 하는 사람이 아니다. 낱말 하나, 문장 하나, 기껏해야 그것보다 조금 긴 한 마디를 내뱉는 경우가 전부였다. 하지만 모든 형제가 그를 존경했다. 그의 생활과 행동 하나하나에 하느님의 사랑이 가득 배어 있었기 때문이다.

한탄과 슬픔과 간청

사람들이 기도를 하겠다는 생각을 하거나 하느님과 관계를 맺으려고 하는 상황은 대개 살면서 운명을 바꿔놓는 불운을 당하거나 어려운 일에 부딪쳤을 때이다. 이 경우 기도는 간청하고 한탄하는 말이 되거나 깊은 슬픔의 표현이 되어버린다. 간청과 하소연과 슬픔은 모두가 인정하는 정당한 기도의 형태다. 시편에서 우리는 이러한 종류의 기도를 많이 찾아볼 수 있다. 이 기도들은 나름대로 정당성이 있다. 그리고 이러한 기도와 간청이 실제로 이루어진다고 확신해도 좋다.

그러나 이러한 기도를 할 때의 곤란한 점은 그런 기도에는 부정적인 생각들이 잠재되어 있고, 특히 하느님이 마치 자동판매기처럼 작동하는 분이라는 생각이 각인되어 있다는 데 있다. 마치 담배 자동판매기 위쪽에 동전 하나를 집어 넣으면 아래쪽에서 담배가 나오듯이 간청이 쉽게 받아들여지거나 곤경에서 벗어나게 된다고 생각하는 것이다. 이러한 형태의 기도는 자신의 경험과 고통 속에 스스로 갇혀 있을 뿐 아니라 자신의 간청이 이루어질 것임을 지나치리만큼 집착하고 있기 때문에 위험하다. 간청하거나 한탄하는 또는 슬픔에 빠져 있는 사람들은 대부분 자신을 짓누르고 있는 상황에 거리를 두지 못한다. 그러나 무엇보다도 중요한 것은 그들이 더 이상 감사와 찬미의 자세를 알지 못한다는 점이다.

시편에서 우리는 중요한 발견을 하게 된다. 탄식의 노래를 하든 간청을 하든 그 어떤 경우라도 언제나 찬미와 감사를 찾아볼 수 있다는 것이다.

우리가 곤경에 처하게 되었을 때 감사할 필요는 없다. 우리가 힘든 상황에 빠지게 된 것에 대해 하느님을 찬미할 필요도 없다. 하지만 우리가 살아 있음에, 그를 찬미할 수 있음에 감사의 마음을 가질 수 있다.

나는 감사와 찬미가 사람들의 마음속에 더 많은 자리를 차지하게 된다면, 수많은 질병이 치유될 것이며 수많은 곤경 역시 가벼워질 수 있다고 확신한다.

약이 되는 한숨

나는 몇몇 오래된 기도서에 나온 기도 마지막에 이런 문구를 발견한 적이 있다.

“그리고 여기서, 그리스도인이여, 깊은 한숨을 내쉬어보라.”

한숨 또한 기도일 수 있다.

한숨을 쉬는 것이 한탄이나 원망은 아니다. 한숨은 안도의 숨을 내쉬는 것, 뭔가를 털어내버리는 것을 의미한다. 실제로 탄식의 한숨을 내쉬어본 사람은 육체적으로나 영적으로 크게 홀가분해지는 느낌을 받는다.

몇 주일 전의 일이다. 예배를 시작하면서 나는 참석자들이 매우 억눌려 있다는 느낌을 받았다. 나는 그들 중 많은 사람이 한 주일 내내 힘들게 일했으며, 몇몇은 무거운 마음의 짐까지 짊어지고 왔다는 것을 알고 있었다. 나는 이들에게 죄를 고백하라고 말하는 대신 깊이 한숨을 내쉬라고 부탁했다. 그리고 깊은 탄식의 한숨을 내쉬는 걸 시범까지 해보였다.

몇몇 예배 참석자들이 내 말을 진심으로 받아들여 깊이 한숨을 내쉬기까지는 어느 정도의 시간이 걸렸다. 마침내 참석한 교구 식구 전원이 깊은 탄식의 한숨을 내쉬었다. 그리고 이렇게 한숨을 깊이 내쉬는 과정에서, 처음에는 조심스러웠지만 점점 활기가 돌면서

검은 양도 기도할 수 있다

많은 사람이 진심으로 우러나오는 웃음을 웃게 되었다. 그것은 다른 사람들을 조롱하는 웃음이 아니라 해방의 웃음이었다. 내쉰 한숨이 마음을 해방시켜 웃을 수 있게 해준 것이다.

많은 일이 자신을 압박하고 있어 더 이상 기도할 수 없는 사람이 있다면 그냥 한숨을 내쉬어볼 것을 권한다. 혼자서 하기보다는 다른 이들과 함께 해볼 것을 적극 권한다.

식사 때의 감사기도

밥을 먹으면서 섭취하는 것은 칼로리와 영양소만이 아니라 삶의 활력소도 같이 얻는다. 감사하게 받아들인 음식은 두 배의 힘을 지닌다. 음식은 변화되고 또 그것을 고마워하며 기도하는 사람들도 함께 변화된다.

독일을 가로지르며 기차 여행을 할 때의 이야기다. 객실 안에서 나는 서로에게 열중하고 있는 젊은 커플을 마주보며 앉아 있었다. 두 사람은 서로 얼마나 사랑하고 있는지 숨김없이 표현하고 있었다. 시간이 지나

자 이들은 배가 고팠는지 가져온 음식을 꺼냈다. 두 사람은 식사를 시작하기 전에 서로 손을 포갰다. 나는 그들이 식사 전에 기도하는 모습을 똑똑히 보았다.

나는 이 두 사람에게 물었다. "식사 전에 기도를 하시나요?" 젊은 남자가 나를 쳐다보더니 대답했다. "예, 저흰 이 모든 좋은 것이 어디에서 나오는지 알지 못할 정도로 어리석지는 않아요. 그래서 식사 전에 기도를 하는 것이죠. 기도하면서 창조주인 우리 하느님께 감사드리고, 이 음식을 축복해 달라고 부탁한답니다." 두 사람은 내게 미소를 지어 보였다. 그러고 나서 젊은이는 한 마디 덧붙였다. "같이 드세요. 저희가 초대할게요. 아저씨를 위해서도 벌써 기도했어요."

조용한 가운데서

생활 속에서 끊임없이 들려오는 소음과 불안의 한가운데서 내면적으로나 외형적으로 고요 상태에 이르기는 매우 어려울 때가 많다. 이는 모든 사람에게 해당되는 말이다.

검은 양도 기도할 수 있다

젊은 수도사 시절, 나는 하느님을 찾아 나서면서 삶 속에서 하느님을 체험하려고 했다. 나와 같은 길을 가는 형제들에게서 어떻게 하면 묵상기도나 명상기도를 할 수 있는지 배우고 싶었다.

그래서 사랑으로 가득 찬 인간성과 믿음 때문에 내가 높이 평가했던 형제 중 한 분에게 물어본 적이 있다. 명상기도를 하려면 어떻게 해야 하느냐고. 그가 대답했다. "한 장소를 찾아가서 거기에 자리를 잡고 앉아 그냥 조용히 있어보게나. 나머지는 사랑하는 하느님이 모두 다 알아서 해줄걸세."

그가 일러준 말은 무척 단순하게 들리지만, 말 그대로 실행에 옮기고 생활 속으로 고스란히 가져오는 일은 매우 어렵다. 우선 조용한 장소를 찾는 일부터가 쉽지 않다. 우리는 어딘가로 계속해서 가고 있고, 겉으로나 속으로나 흥분된 채 이리저리 돌아다니고 있다. 그러면서 정말로 조용한 장소를 그 어디에서도 발견하지 못한다. 이런 장소가 모두에게 중요하다.

하지만 고요한 곳을 찾는 것만이 중요한 건 아니다. 자기 자신과 다른 사람들에게 평온을 가져다주고 일상

놀라운 기도의 힘

의 쳇바퀴에서 벗어나 그냥 그 상태로 있는 것, 그것 또한 중요하다.

그러나 가장 어려운 단계는, 기도의 가장 본질적인 부분은 하느님이 하신다는 것을 확신하는 일이다. 바로 그가 은총과 생명을 선물로 준다. 우리는 인간으로서 오직 하느님만을 생각할 수 있고, 고요한 장소를 찾아 자리를 잡고 앉은 채 조용히 있을 수 있다. 그러나 본질적인 것은 하느님이 해주신다.

몸으로

우리 수도원 예배당의 어느 예배시간에 이웃에 사는 할머니 한 분이 한 살 된 손녀와 함께 맨 첫 줄에 앉아 있었다. 이 꼬맹이 안드레아는 내게서 세례를 받은 아이다. 특히 생기발랄함과 반짝이는 눈망울 때문에 나는 이 아이를 좋아한다. 안드레아는 할머니를 따라 교회에 나오는 것을 좋아하는데, 그것은 할머니가 예배 중에도 자기에게 많은 관심과 애정을 보여주기 때문이다. 이 꼬맹이 소녀는 기도할 줄도 안다. 이 아이는 기

검은 양도 기도할 수 있다

도할 때 두 손을 모아서 잡고 있고, 다른 사람들이 모두 찬송을 하면 아직 말은 못하면서도 노래를 따라 부른다. 아이는 말이 아니라 소리로 노래를 따라 부른다. 언젠가 이 아이가 할머니의 무릎 위에서 작은 손을 깍지껴 잡은 채 노래를 따라 부르고 있는 모습을 보았을 때 내 머릿속에 떠오르는 말이 있었다. "어린아이와 젖먹이의 입술로 당신은 찬양을 받으십니다, 오 하느님."

살아가면서 때론 우리의 생각과 말로는 이해할 수 없는 상황에 봉착하는 경우가 있다. 그때 우리는 더 이상 기도할 수 없다는 생각도 한다. 꼬마 안드레아는 오직 몸으로도 기도할 수 있음을, 두 손을 깍지낀 채 아무도 알아들을 수 없고 어른들에게는 아무 의미 없는 말과 소리로 기도할 수 있음을 내게 가르쳐준다. 이 아이는 그 어떤 매개체도 거치지 않고 직접적인 기도를 할 수 있는 자세를 갖추고 있다. 아이는 무슨 말을 할지, 무슨 노래를 부를지 생각하거나 궁리하지 않는다. 이 아이는 자기의 기도 자세와 자기 목소리가 내는 소리 표현에 완전히 몰입해 있는 것이다.

우리도 그렇게 기도할 수 있다. 두 손을 모아 기도하

든지, 하늘을 향해 뻗어올리든지, 아니면 바닥에 무릎을 꿇고 머리를 땅에 조아리든지, 그것도 아니면 아무 생각도 말도 생각나지 않아 바닥에 누운 채 그냥 이 자세를 기도로 받아달라고 간청을 하든지, 그 어떤 기도든지 하느님은 들어주시고 또 받아주신다.

함께 나눈다는 것

내가 어렸을 때였다. 2차 세계대전 직후 집집마다 다니면서 먹을 것이나 약간의 돈을 구걸하는 거지들이 어디에나 있었다. 그때나 지금이나 궁핍이 없는 곳은 없다. 그것은 서로 나누자는 요청의 표현이다. 하지만 이 나눔의 실천이 대개는 힘든 일이다.

가족이 점심식사를 함께하던 때였다. 막 식사를 시작하려던 참이었는데 누군가 부엌 문을 두드리는 소리가 들렸다. "들어오세요" 하고 말했지만 문이 열리지 않자 내가 자리에서 일어나 문 쪽으로 다가갔다. 문을 열었을 때 나는 깜짝 놀라서 뒤로 물러나고 말았다. 문 앞에는 할머니 한 분이 등을 구부정하게 굽힌 채 서 있

검은 양도 기도할 수 있다

었다. 그의 옷은 허름하기 짝이 없었다. 할머니는 뼈만 남은 앙상한 손을 내게 내밀었고, 나는 할머니의 눈속에서 애걸하는 빛을 보았다. 놀란 나머지 나는 문을 닫고 식탁으로 달려와 말했다. "밖에 뭔가를 달라고 하는 어떤 할머니가 와 있어요."

할아버지는 문으로 가시더니 이 거지 할머니에게 들어오라고 말했다.

그리고 우리와 함께 식탁에 앉자고 말씀하셨다. 할아버지는 갓 구운 빵의 부분 중에서 내가 먹고 싶어하던 가장 맛있는 이른바 '알짜배기' 부분을, 그것도 제일 큰 몫으로 떼어주셨다. 그렇게 식사하는 동안 우리는 서로 그다지 말은 많이 주고받지 않았다.

나중에 나는 할아버지에게 물어보았다. "왜 그 할머니한테 제일 좋은 걸 주신 거예요?" 할아버지가 대답했다. "서로 나눌 때는 남는 것이나 좋지 않은 것만 거저 줘서는 안 되고, 가장 좋은 것을 서로 나눠야 하는 거다." 그리고 덧붙여 말씀하셨다. "그럴 때 기쁨이 가장 큰 거야."

별말 없이도 그렇게 서로 나눈다면 그것이 기도라

놀라운 기도의 힘

고, 나는 확신한다. 나누는 것은 기도와 같다. 거기에서 감사와 찬미의 자세가 나오기 때문이다.

인도의 명상선생인 고피 크리슈나Gopi Krishna는 명상을 하거나 정신적 훈련을 할 때 중요한 것은 아름다운 종교적 느낌 속으로 빠져 들어가는 것만이 아니라 삶을 보다 인간적으로 만들 수 있는 무엇인가를 찾아내는 것이라고 말한다. 그 말에는 아주 깊은 뜻이 담겨 있다.

"유럽인들이 명상에 관해서 얘기하는 것을 들을수록 나는 오히려 그들에게 명상을 하지 말라고 해야 할 것 같다는 느낌을 강하게 받습니다. 그들은 무엇이 정말 중요한지를 전혀 이해하지 못하고 있습니다. 여러분이 믿고 있는 성경을 읽어보십시오. 거기에는 제가 믿고 있는 성전에 있는 것과 동일한 내용이 적혀 있습니다. 이웃을 사랑하고 하느님을 사랑해야 한다, 그 밖의 것은 모두 소용이 없다고 말입니다. 어디에도 명상을 해야 한다는 말은 없습니다. 하느님과 이웃을 사랑하기를 원하십니까? 그런데 명상을 하는 것이 이를 위해 도움이 될 수 있다는 것을, 아주 결정적인 도움이 될

검은 양도 기도할 수 있다

수 있다는 위대한 진리를 발견하셨습니까? 그렇다면 당신은 명상을 해야 합니다. 그러나 이 사실을 발견하지 못했다면 명상하는 건 내버려두십시오.”(1996년 Publik – Forum, Meditation 중에서)

감사와 찬미

가장 아름다운 기도의 형태는 감사와 찬미다. 감사는 겉보기에는 소극적인 자세인 것처럼 보인다. 뭔가를 받았으니 고마워하는 것으로 보여지는 것이다. 그러나 그와 동시에 매우 적극적인 것이기도 하다.

　“감사는 기쁨으로 들어가기 위한 열쇠”라고 현인 메블라나 루미Mevlana Rumi는 말한다. 감사는 당신이 누군가와 관계를 맺고 있으며 그 관계가 당신에게 값진 것임을 보여준다. 진정한 감사는 언제나 자발적인 마음에서 우러나온다. 강요된 감사는 진정한 감사가 아니다.

　사람들은 감사하는 마음으로 삶의 기쁨을 다른 이들과 나눈다. 병중이거나 곤경에 처한 경우에도 마찬가지다. 그렇게 함으로써 기쁨은 우리에게 모든 좋은 것과 생명을 선물로 주신 분, 하느님을 찬미하는 것이기도 하다.

쓸모없었던 것이 내게 소중한 것이 되었을 때 이것을 내게서 떼어 것만도 분명 어려운 일이다. 그보다 더 어려운 일은 좋은 것을 누군가와 나누는 것이다. 바로 이렇게 나누는 자세에서부터 더 큰 기쁨이 생겨난다.

여기 마티아스 클라우디우스Matthias Claudius의 「날마다 노래해」라는 아름다운 시가 있다.

내가 하느님에게 고마워하고

성탄절 선물을 받은 아이처럼 기뻐하는 까닭은

내가 있기 때문이고, 내가 있기 때문이고,

내게는 당신이, 아름다운 사람의 얼굴을 한 당신이

있기 때문이라

내가 해와 산과 바다와

나뭇잎과 풀잎을 볼 수 있고,

밤바다 별무리 아래서 사랑스런 달빛 아래서

걸을 수 있기 때문이라

그리고 마치 아이들이 성스러운 그리스도에게서

검은 양도 기도할 수 있다

어떤 선물을 받았는지를 와서 볼 때와 같은

그런 기분이 드니 감사하고 기쁜 것이라

아멘!

내가 왕이 되지 않은 것을 감사하며

하느님에게 현악으로 노래를 하는 것은

그랬다면 내가 수많은 아첨을 받았을 것이며

아마도 부패했을 것이기 때문이라

또한 기도할 때 나는

내가 이 땅에서 큰 부자가 아닌 것을

진심으로 감사하며, 또한 그런 사람이 되지 않기를

진심으로 기원한다.

부와 명예는 사람을 몰아치고 거만을 떨게 하며

많은 위험을 간직하고 있느니,

그것들이 이전에는 착실했던 많은 이의 마음을

뒤틀어놓았음을 우리는 알고 있음이라.

그리고 모든 소유물은

건강과 수면과 좋은 기분과 같은

많은 것을 허용해 주지만

정작 이것을 만들어낼 수는 없느니,

그리고 그것들이야말로 정말
정당한 상이며 축복이라!
그래서 나는 돈 때문에
나를 학대하지는 않을 것이라
하느님은 오직 그날그날의 삶을 위해
내가 가져야 할 만큼만 주신다
지붕 위의 참새에게도 그만큼을 주시는 하느님,
내게 주시지 않으리!

색다른 아침 기도

나는 아침에는 통학버스를 타기 위해 터벅터벅 걸어가고, 정오경엔 지칠 대로 지쳐서 집으로 돌아오는 초등학생들과 거의 매일 마주친다. 엄청나게 큰 책가방을 멘 1학년 아이들을 볼 때 제일 안타깝다. 아이들이 짊어지고 끌고 가는 학교 짐은 자기 몸무게보다 더 무거울 정도이기에, 이 아이들을 보고 있노라면 이집트 피라미드를 만드는 데 동원된 노예들이 떠오른다.
어떤 아이들은 정말 낙천적인 생각을 가지고 세상 속

검은 양도 기도할 수 있다

으로 들어가고 있지만, 어떤 아이들은 잠을 제대로 푹 자지 못했거나 불안해하면서 비틀대는 걸음으로 길을 걷는다. 그리고 콩나물시루 같은 통학버스에 올라탄다. 얼마간의 시간이 지나면 아이들은—대부분 시끄러운 음악 소리를 들으며—통학버스에서 '내뱉어지게' 되고, 그런 다음에는 교실에서 몇 시간 동안 철자와 숫자들에 시달리면서 가만히 앉아 있어야 한다. 그리고 아이들은 학교를 위해서가 아니라 살아가기 위해서 배우는 것이라는 말을 듣는다. 어른들은 "그래, 산다는 게 바로 그런 거야" 하고 말한다. 만약 그들 자신이 이런 스트레스를 받는다면 아마 참고 견뎌내지 못할 것이다.

어린 학생들을 관찰하고 있노라면 내게는 많은 생각이 떠오른다. 가끔 아이들에게 이렇게 말하고 싶어진다. "오늘은 수업이 없어. 거기 있어봐. 우리 같이 놀자." 아마도 이 제의는 아이들조차도 진지하게 받아들이지 않을지 모른다. 왜냐하면 이것은 그들을 반항아로 만드는 것이기 때문이다.

그러나 나는 버스 기사들과 부모들과 교사들이 아이

놀라운 기도의 힘

들에게 쏟는 수고와 또 그들이 아이들에게서 느끼는 기쁨에 관해서도 생각한다. 나는 그들 모두에게 공감하며 존경심을 느끼고 있다.

그런데 어제 아침에 아이들을 보았을 때 나는 또 다른 생각을 하게 되었다. 나는 아이들에게 아침 인사를 하면서 아이들 모두와 이들이 만나게 될 모든 사람이 축복 받기를 하느님께 기도했다. 기뻐하는 아이들과 슬퍼하는 아이들, 오늘 아직 좋은 말을 들어보지 못한 아이들, 숙제를 한 아이들과 하지 못한 아이들, 그들을 태워다주는 버스 기사들과 가르치는 교사들에게, 그리고 아이들 각자의 부모와 형제자매에게 나는 하느님의 축복이 있기를 소망했다. 그리고 나 말고는 아무도 모르는 커다란 기쁨, 그들과 하나된 마음을 내 안에서 발견했다. 누구든 어린 학생들을 볼 때 그렇게 기도해 보기를 권한다. 당신이 그 아이들을 위해 기도해 준 것이 도리어 당신에게 축복이 되기 때문이다.

그러기에 개인적으로 아무런 관계도 없고, 어쩌면 전혀 알지도 못하는 사람들을 위해서도 기도할 수 있다. 우연히 버스 정류장에서, 거리에서, 직장에서, 또

검은 양도 기도할 수 있다

는 운동을 하다가 마주치게 되는 낯선 사람들을 위해서도 기도할 수 있다. 그저 이들이 가는 길을 지켜달라는 뜻에서 이들을 위해 하느님의 축복을 간청할 수 있다.

이렇게 해서 아주 간단한 방법으로 다른 한 사람과 자신을 연결한다. 다시 말해 하느님의 자녀 한 사람이 하느님의 또 다른 자녀와 관계를 맺는 것이다. 이런 행동은 다른 이들에게 무언가 좋은 것을 말이나 행동으로 표시하고 싶어 하는, 다른 사람과 하나된 마음에서 우러나온다. 좋은 말을 하는 것은 아주 은밀하게 이루어지며, 상대방은 전혀 알아차리지 못한다. 그런데 타인에게 축복을 빌어줌으로써 그 축복이 당신에게도 돌아온다. 이것은 혁명적인 정신적 지도 원칙이다. 또한 복음서에서도 볼 수 있는 예수의 말이기도 하다. 축복은 너희에게로 되돌아올 것이다.

볼프강제Wolfgansee(볼프강 호수)에 위치한 굿 아이히Gut Aich 유럽 수도원에 있는 우리 수도사들은 매일 정오에 전 세계의 평화를 위해 기도한다. 수천 명의 사람이 이 평화를 위한 기도에 동참한다. 그리고 이 기도의 힘은 밝고 맑은 구름이 되어 전 세계로 퍼져간다. 기

놀라운 기도의 힘

도로 전달되는 축복은 이 평화의 기도에 참여하는 수도사들과 모든 다른 이에게도 돌아온다. 마치 연통관(連通管)이 작동하는 것 처럼 말이다.

사랑하는 사람의 임종의 순간에 할 수 있는 말

몇년 전 거의 같은 시각에 두 젊은이가 수도원 현관에 찾아와 자기들을 받아달라고 요청한 적이 있었다. 그들은 받아들여졌다. 그들은 동시에 예비수도사가 되었고, 수도사가 되겠다는 서원식을 함께 올렸으며, 그 이후로 평생을 함께 일하고 함께 기도하는 생활을 했다. 수도원 규모가 매우 작았기 때문에 같은 수도원 방에서 함께 생활하기도 했다. 그들은 정말 오랜 세월에 걸쳐 형제가 되었던 것이다.

그런데 언제부턴가 둘 중 한 형제가 병들어 금방이라도 죽을 것 같아 보였다. 다른 형제가 그를 헌신적으로 돌보았으나 그는 점점 병약해지기만 했다. 두 사람은 임종의 시간이 다가왔음을 알고 있었다. 그러던 어느 날 간병을 하던 형제는 죽어가는 형제에게 말했다.

검은 양도 기도할 수 있다

"해리, 왜 도대체 숨을 거두질 못하는 건가?" 그러자 죽어가던 형제가 대답했다. "난 도저히 자네를 혼자 남겨둘 수가 없어. 내가 죽으면 자네는 완전히 혼자가 아닌가."

그러자 간병하던 형제가 그의 손을 잡으며 눈에 눈물이 고인 채 그에게 말했다. "해리, 난 자네의 삶과 죽음에 감사하네." 그들은 서로의 손을 꼭 붙잡았다. 마침내 간병하던 형제가 말했다. "해리, 놓아버리게."

몇 초가 지난 뒤 해리는 숨을 거뒀다. 간병하던 형제는 해리의 눈을 감겨주면서 이미 숨을 거둔 사람에게 속삭였다. "하느님이 자넬 지켜줄 것이네, 해리."

그것은 일종의 임종기도였다. 스스로 생명을 선물한 한 인간을 위해 드린 감사의 기도였다.

우리가 임종을 맞는 사람에게 보여줄 수 있는 가장 큰 감사의 마음은 그를 떠나게 해줄 때 드러난다. 그것이 아무리 힘들다고 할지라도.

임종을 맞는 사람과 함께 있을 때마다 나와 같은 길을 가는 이 형제의 말이 떠오른다. "해리, 놓아버리게.” 그리고 “하느님이 자넬 지켜줄 것이네.”

이 말은 기도다. 아마도 사람이 할 수 있는 가장 진실한 기도일 것이다. 왜냐하면 사랑하는 사람을 떠나보내는 것은 말할 수 없이 힘든 일이기 때문이다.

축복의 말

병을 낫게 하고, 도움을 주고, 해방시키고, 구원해 주는 역할을 하는 것이 축복의 기도다. 축복의 말을 하는 것은 라틴어로 Bene dicere, 즉 ‘좋은 말을 한다’는 것이다. 축복의 말은 그래서 좋은 말이다. 이것은 사람이 처음부터 하느님으로부터 사랑을 받았기 때문에 그와 그의 운명과 삶은 좋은 것임을 확언해 주는 말이다.

축복의 말에는 깊은 신뢰와 커다란 힘이 전제되어 있다. 축복의 말을 하는 것은 인간이 겪는 고난을 봐왔기에 삶에 동반될 수 있는 끔찍하고 아픈 일들을 그대로 받아들이는 이유에서다. 그럼에도 축복의 말을 하는 사람은 하느님에게 힘을 구하며 그에게 충만한 은총을 선물로 주시기를 간절히 바란다. 그는 하느님에

검은 양도 기도할 수 있다

게 받은 힘을 다른 사람들에게 전해 준다. 만일 당신이 자신의 삶 가운데서 하느님이 이 세상에서 하시는 일에 대해 완전한 흡입력을 지니게 된다면, 그보다 더 큰 은총은 없을 것이다.

사실 이러한 이야기는 '평범한 일반 소비자' 들에게는 상당히 낯설게 들릴 것이다. 축복의 말하기를 배우기 위해서는 좋은 생각을 하고 좋은 말을 하는 습관을 들여야 한다. 당신은 만나는 누군가에게 좋은 생각이나 좋은 말을 해줄 수 있다. 하지만 그러기 위해서는 스스로 많은 노력을 기울여야 한다. 왜냐하면 거부하거나 비판하는 자세로 반응하는 게 훨씬 쉬울 뿐더러 당신도 역시 그러한 반응을 무의식적으로 당연하게 여기기 때문이다. 축복의 말을 하는 데는 엄격한 내면의 규율이 필요하며, 자신의 감정과 생각을 깨끗하게 하기 위한 노력을 끊임없이 해야 한다.

그러나 축복의 말, 다시 말해 좋은 말은 변화되어 당신에게 축복의 말로 되돌아온다. 만일 당신이—물론 언제나 바라는 대로 즉시 가능하지는 않겠지만 아무튼—자기 안에 맑음과 깨끗함과 사랑을 만들어내고

자 한다면, 자신을 위해서나 다른 이들을 위해서 축복
의 말을 하면 된다.

제3장

검은 양에서 흰 양이 되는 일

왜 우리는 검은 양이 함께 섞여 있는 것을 지극히 당연하게 받아들이는 저 양들처럼 행동하지 않는 것일까? 좋은 양치기는 자기 양의 털의 색깔이 검든 희든 개의치 않는다. 그는 모든 양을 공평하게 대한다. 당신과 나, 누구든 검은 양일 수 있다. 그러나 우리는 누가 검은 양이든 상관없이 자기와 다른 사람들을 있는 그대로 받아들일 줄 아는 법을 이 양치기로부터 배울 수는 있다.

검은 양

함께 수도생활을 하는 형제들과 산책할 때였다. 우리
는 무리를 이루는 작은 양떼를 만났다. 열이나 열두 마
리 정도 되는 양들 사이에는 검은 양 한 마리도 끼어 있
었다. 이 검은 양은 다른 양들과 함께 초원에서 평화롭
게 풀을 뜯고 있었는데, 자기가 검다는 사실을 전혀 모
르고 있는 것처럼 보였다. 다른 양들도 그들 가운데 검
은 양 한 마리가 있다는 것을 모르고 있는 것 같았다.
단지 나만 이 사실을 발견하고 형제들을 주목하게 만

검은 양에서 흰 양이 되는 일

들었던 것이다. "저기 좀 보세요. 검은 양이 한 마리 있어요!"

흰 양이 무리 지어 있는 한가운데에서 별종 한 마리를 발견하게 되는 경우 사람들은 대개 이와 비슷하게 반응한다. "저기 좀 봐, 검은 양이 있네!"

누가 양을 검은 양으로 만드는가?

무리 안에 있는 양들은 검은 양을 굳이 딱지를 붙여 표시하고 골라내서 쫓아내지 않았다. 흰 양들에게 그 검은 양은 지극히 정상이었다. 검은 양도 그들 중 하나였고, 그들과 함께 있으면서 평온하게 살고 있었다.

우리 인간은 흑과 백, 선과 악, 편안함과 불편함, 쓸모있는 것과 쓸모없는 것, 가치 있는 것과 무가치한 것을 구분해서 생각하기를 좋아한다. 그 때문에 우리는 언제 어디에서든지 검은 양 또는 검은 반점, 결점, 뭔가 부정적인 것 등을 찾아낼 수 있다. 우리 중에는 검은 양이 섞여 있는 양떼를 선입견 없이 바라보면서 "저기 봐, 검은 양이네!" 하고 말하지 않을 사람은 거의 없다.

왜 우리는 검은 양이 함께 섞여 있는 것을 지극히 당

연하게 받아들이는 저 양들처럼 행동하지 않는 것일 까? 좋은 양치기는 자기 양의 털의 색깔이 검든 희든 개의치 않는다. 그는 모든 양을 공평하게 대한다. 당신 과 나, 누구든 검은 양일 수 있다. 그러나 우리는 누가 검은 양이든 상관없이 자기와 다른 사람들을 있는 그 대로 받아들일 줄 아는 법을 이 양치기로부터 배울 수 는 있다.

인간의 커다란 덫 중 하나는 무엇이든 판단해서 값 을 매기려고 하는 경향이다. 우리는 자기와 다른 사람 들을 끊임없이 선별해서—그들이 지닌 특징과 사회적 속성에 따라서—즉시 상징적인 분류함 속으로 넣어버 린다. 그러나 다른 사람들을 분류함으로써 자신을 저 들의 공동체로부터 고립시키게 된다. 결국 새로운 경 험을 할 기회를 스스로 빼앗고, 더 새로운 것을 배우지 못하게 되는 결과를 낳고 만다.

물론 우리가 다른 사람들에게서 그들만의 특징들을 확인하는 것도 사실이다. 그런 일들은 실제로 있을 수 있다. 그러나 문제는, 그것을 어떻게 대응하느냐 하는 것이다.

검은 양에서 흰 양이 되는 일

하느님은 골라내는 일을 하지 않는다. 그는 경악하지도, 호들갑을 떨며 기뻐 날뛰지도 않는다. 그에게는 모든 인간이 동등하다. 하느님이 보시기에 모두가 동등한 권리, 살아가면서 자신을 발전시킬 동등한 권리를 갖고 있다. '인간'이라는 말은 상위 개념으로 사용되는 것이다. 피부색이 검거나 붉다는 것, 잘생겼다거나 못생겼다는 것, 부유하거나 가난하다는 것, 그런 것들은 모든 작은 특징을 아우르며 사람을 사람으로 보게 하는 상위 특징이 결코 아니다. 이런 식의 작은 분류는 우리 인간만이 하는 차별적 구분이다. 중요하지 않은 이런 특징들을 높이 평가할 때 우리는 삶 자체를 더 힘들게 만들게 된다.

하느님은 있는 그대로의 모습으로 우리를 받아들인다.

이와는 반대로 우리 인간은 종종 검은 양을 비인간적으로 다룬다. 마치 우리에게는 맞지 않아 배척되어야 하는 사람처럼. 우리는 좋은 양치기의 비유를 통해서 하느님이 길을 잃고 헤매는 검은 양을 골라내는 것이 아니라 그 양을 따라가서 찾아낸다는 것, 그리고 그 양을 어깨에 짊어지고 다시 무리에게로 돌려놓는다는

검은 양도 기도할 수 있다

사실을 알고 있다.

기도를 하면서 사람은 종종 자신을 검은 양처럼 느낄 때가 있다. 부족한 것투성인데다 실수를 연발하기 때문이다. 그러나 하느님은 감점 사항들을 일일이 적어놓고 꼬치꼬치 캐묻는 사람처럼 속이 좁지 않다. 그는 우리를 넘어지지 않게 하고, 자기에게로 돌아올 수 있는 기회를 끊임없이 되풀이해서 주는 분이다. 그 누구도 자기의 실수와 부족함 때문에 선 바깥으로 내몰리게 되리라고 불안해할 필요는 없다. 설사 수십 년 동안 하느님을 모르고, 믿음도 없이 살아온 사람이라 할지라도.

어떻게 검은 양에서 흰 양이 될까?

물론 나는 누가 검은 양이고, 누가 흰 양인지에 대한 물음에도 관심이 있다. 내가 이 물음을 끊임없이 되풀이해서 던지는 것이 꼭 나 자신과 관련해서 그런 것만은 아니다. 나는 다른 사람들과 관련해서도 내게 이 물음을 늘 던진다. 우리는 종종 겉에서 보는 것이 속과 다르

검은 양에서 흰 양이 되는 일

게 보인다는 것을 알고 있다. 한 인간의 본질적인 면, 그의 내면적인 실재는 외적인 모습에서 바로 알 수 있는 게 아니다.

그러나 우리는 사실을 판단하고 낙인을 찍을 때 겉으로 드러나는 외양을 기준으로 삼는다. 어떤 이들은 흰 양을 좋아하지 않을 수 있고, 어떤 이들은 검은 양을 거부할 수도 있다. 간혹 우리는 흰 양보다 검은 양에게 더 호감을 드러내기도 한다. 왜냐하면 검은 양은 우리 안에 이것 또는 저것이 더 많이 있음을 느끼게끔 하기 때문이다. 또 어떤 사람들은 스스로 검은 양이라고 뽐내며 으스대기도 한다. 그들은 스스로를 재미없는 흰 양보다는 훨씬 더 매력적이라고, 적어도 더 눈에 띈다고 생각한다. 결국 그 누구도 자신이 하나같이 똑같은 대량 생산품에 속하기를 원치 않는 것, 이렇듯 우리는 스스로가 검은 양이 되는 대가를 치르고서라도 우리 자신이 다른 사람들과 구분되기를 원한다.

내 생각에 사람들은 단지 자신이 검은 양이라고 생각하기만 할 뿐 실제로는 그들 내면에는 전혀 다른 본성이 있다고 본다. 반대의 경우도 마찬가지다. 즉 흰

검은 양도 기도할 수 있다

양인 척 연기를 하면서 자신을 단지 흰 양의 의상에 맞추고 있을 따름이다.

걸모습만을 보지 않는 사람에게는, 특히 하느님에게는 색깔이 전혀 중요하지 않다.

그럼에도 불구하고 어떻게 검은 양이 흰 양으로 될 수 있을까 하는 물음은 내겐 관심거리가 아닐 수 없다. 여태껏 살아오면서 내가 만난 흰 양은 극히 소수에 지나지 않았음을 고백하지 않을 수 없다. 그리고 대부분은 완전히 흰 양도 아니었다. 그중 많은 양이 갈색이거나 회색이었고, 그리고 이들은 상당히 더러운 양이었다. 거세게 쏟아지는 소나기조차도 이들을 새하얗게 만들 수는 없었다.

지금까지 순수한 흰색 양은 장난감 가게나 대형 가구점에 쿠션용으로 전시된 털북숭이 동물완구들에서나 볼 수 있었다. 실제의 동물은 전혀 다르게 생겼다.

그래서 나는 다시 한 번 내게 질문을 던져본다. "어떻게 검은 양에서 흰 양이 될까?"

그러면서 나는 인간이 자신의 외모뿐만이 아니라 자신의 본질적인 면모도 바꿀 수 있을까 하는 물음에도

검은 양에서 흰 양이 되는 일

관심을 갖게 되었다.

도덕적인 호소는 분명 정신적 또는 인간적으로 실제적인 도움이 되지 못한다. 이러한 호소를 들을 때 우리는 대개 불안을 느끼거나 체념 속으로 빠져들지 않을 수 없게 되거나 더 반항적으로 되곤 한다.

이러한 질문들의 해답을 찾고 있을 즈음 한 친구를 찾아간 건 내게 큰 정신적 도움이 되었다. 이 친구는 유기농업 방식으로 가축을 키우는 농부다. 그의 농장에서 가장 행복한 동물은 돼지였다(여기서 내가 양이 아닌 돼지에 대해서 얘기하는 건 다분히 의식적이다. 왜냐하면 내게 갈 길을 제시해 준 동물이었기 때문이다).

이 행복한 돼지들은 마치 방금 짚으로 몸을 닦은 것처럼 눈부신 흰색을 띤 채 누워서 삶을 만끽하고 있었다. 물론 새끼 돼지들에겐 약간의 분홍빛도 비치고 있었다.

"돼지들한테 도대체 뭘 어떻게 해주기에 이렇게 희고 깨끗한 건가?" 내가 친구에게 물었다. 그는 싱긋 웃었다. "내가 해주는 건 아무것도 없어. 자기들이 다 알아서 하지." 나는 혹시 돼지들이 샤워를 하는지, 아니

검은 양도 기도할 수 있다

면 사육사가 있어서 돼지들을 날마다 샤워시키고, 닦아주고, 말쑥하게 솔질을 해주는 건 아니냐고 물었다. 그는 크게 웃으면서 나를 돼지우리 뒤로 데리고 갔다. 거기엔 커다란 웅덩이가 하나 있었는데, 시커먼 오물 구덩이 그 자체였다. 이 오물구덩이 속에선 때마침 돼지 몇 마리가 뒹굴고 있었다. 이놈들은 더럽다 못해 시커멓기까지 했지만 아주 기분 좋게 꽥꽥대면서 쩝쩝거리고 있었다. 마음이 편하다는 것이 역력히 보였다.

친구가 내게 말했다. "저것 좀 봐, 이놈들은 이 시커먼 진창을 파헤치며 뒹구는 걸 유별나게 좋아하지. 이놈들에게는 이게 필요해. 그래야 피부와 뻣뻣한 털에 붙어 있는 모든 해충과 기생충을 엉겨 붙게 할 수 있어. 그런 다음 햇볕에 누워서 말리면 시커먼 오물은 회색이 되지. 오물이 다 마르면 이 녀석들은 나무 껍질이나, 사육장 안에 세워둔 나무 기둥에다 기분 좋게 몸을 비벼댄다구. 그러고 나면 이놈들은 자네가 본 녀석들처럼 깨끗하고 하얗게 되는 거라구."

사람도 돼지나 마찬가지다. 나는 물론 사람이 돼지라고 말하려는 게 결코 아니다. 물론 돼지와 사람 사이

검은 양에서 흰 양이 되는 일

에는 생물학적 유사성이 있기는 하다. 그러나 그때의 내 경험과 이 비유는 자신의 정신적이고 인간적인 삶을 이해하고 만들어나가는 사람에게 도움이 될 수 있다.

사람에겐 자신의 몸과 영혼을 위해 웅덩이가 필요할 때가 있다. 다른 이들에게 그것이 커다란 오물구덩이로 보일 수도 있겠지만 이 웅덩이 속에 있으면—그것이 어떻게 생겼고 어디에 있든지 간에—마음이 편하다. 왜냐하면 내게 달라붙어 있는 기생충과 해가 되는 모든 것을 이 '더러움' 속에 엉겨 붙게 할 수 있기 때문이다.

그러나 이것만으로는 아직 충분하지 않다.

이런 오물구덩이 안에만 있으라고 하면 돼지도 사람과 마찬가지로 견뎌내지 못한다. 돼지는 이 웅덩이에서 나와 햇볕에 누워야 한다. 해는 빛과 은총의 상징이다. 살아가면서 겪는 대결 상황 속에서, 그리고 어쩌다 빠지게 된 오물구덩이 속에서 우리가 자신에게 엉겨 붙은 것을 제대로 말리기 위해서는 빛과 햇볕을 쬐어야 한다. 햇볕과 빛은 하느님의 은총과 같다. 속과 겉

검은 양도 기도할 수 있다

이 시커멓고 더럽다 할지라도 끊임없이 자신을 이 은총의 빛 아래 드러내는 것을 되풀이해야 한다.

또한 돼지가 완전히 하얗게 되기 위해서 필요로 했듯이, 그때마다 자신을 비벼댈 나무가—항상 필요하다. 인생에 있어서 이러한 나무는 당신의 길을 가로막고 있는 저항, 난관, 경험 그리고 사건들이다. 이 나무에 자신을 문질러야 한다. 그것은 사람일 수도 있고 병과 고통과 근심 등에 시달렸던 경험들일 수도 있다. 당신이 온몸을 문질러야 하는 나무는 언제나 결투를 신청하는 대결 상황을 만들어놓는다.

하지만 유감스럽게도 농가의 돼지들이 언제든 원할 때 몸을 비빌 수 있는 고정된 나무들을 가진 것처럼 우리에겐 그런 행운이 없다. 우리는 실제로 맞부딪쳐야 하는 치열한 저항을 너무도 조금밖에 경험하지 못한다. 인생에서 맞닥뜨리는 저항이 대부분 너무 강해서 우리는 상처를 입곤 한다. 아니면 저항 자체가 너무 약해서 저항이란 놈이 스스로 뒤로 물러나거나 깨지는 경우도 허다하다. 친구나 삶의 동반자, 부모나 자녀에게서 비빌 수 있는 나무를 찾을 수 있다는 것, 이것은

검은 양에서 흰 양이 되는 일

인생의 커다란 선물이다. 그것을 갖고 있다면 우리는 정말 감사해야 할 것이다.

몇 년 전에 나는 「교사는 돼지들이 나무 껍질에 비벼대듯 학생들이 비빌 수 있는 떡갈나무와 같아야 한다」는 제목의 기사를 읽은 적이 있다. 영적인 삶의 비밀은 인간이 대결에 맞설 수 있는 능력을 가지고 있다는 데에, 또 비빌 수 있는 튼튼한 나무를 발견할 수 있는 은총을 받았다는 데에 있다고 나는 믿는다.

검은 양에서 흰 양이 되는 일은 양이 뒹굴 수 있는 웅덩이가 있어야만 가능하다. 자기에게 달라붙어 있는 시커멓고 짐스런 것을 말려주는 하느님의 은총을 깨닫는 인간에게도 마찬가지다. 그밖에 인간에게는 몸을 비벼댈 삶의 나무, 함께 맞서서 자신의 삶을 극복해 나갈 다른 사람들과의 대결도 필요하다.

믿기 어려운 일이지만, 이러한 방법으로 정말 검은 돼지로부터 혹은 검은 양으로부터 흰 돼지와 흰 양이 된다. 모든 게 지극히 정상적인 것처럼 들릴지는 모르겠으나 바로 이 과정이 커다란 은총이다. 우리는 짐승뿐만 아니라 사람도 역시 진정한 삶과 더 이상 관련이

검은 양도 기도할 수 있다

없게 되면 몰락하고 마는 하나의 집단우리 속에서 살아가고 있는 것이다.

모든 검은 양과 (그리고 모든 검은 돼지와) 모든 인간들에게는 그들을 위한 자연적인 삶의 공간이 필요하다. 그들은 이 공간 안에서 자신을 체험하지만, 다른 이들과의 관계 속에서도 특히 하느님과의 관계에서도 또한 스스로를 체험한다.

검은 양에서 흰 양이 되는 일

제 4 장

일상의 행동이 기도가 된다

살아가면서 큼지막한 덩어리들을 소화시킨다는 게 얼마나 힘든 일인지 누구나 알고 있다. 이것은 음식과 마찬가지로 영혼에도 해당된다. 기도를 할 때 문제를 하나하나 차례대로 자신 앞에 내놓을 수 있다. 그런 과정에서 우리는 자신의 삶을 잘게 나누어 하나하나 살펴볼 수 있도록 한 입 크기로 만든다. 그리고 그것을 하느님 앞에 내놓는다. 마치 일상의 식사에 침이 소화를 촉진시켜 주듯이 기도할 때도 '하느님의 효소'가 영혼과 정신의 자양분을 섭취할 수 있도록 도와줄 것이다.

영적인 수련

"그 모든 게 부은 내 발엔 무슨 도움이 될까요?"

어느 수도원에서 내가 첫 수련강좌를 했을 때의 일이다. 나와 같은 수도생활을 하고 있는 형제들 앞에서 나는 기본에 충실한 신학적이고도 영적인 내용으로 강연을 진행하려 애썼다. 일상의 일과에서 벗어난 쉰 명정도의 남자들이 나의 이야기에 집중해 귀 기울여주었다. 그런데 나의 한 마디 말에도 깊은 관심을 보이며 집중해서 듣던 한 사람이 유독 눈에 띄었다. 그가 강연 내용을 이해하기 위해 매우 집중하고 있음을 그의 얼굴에서 읽을 수 있었다. 그는 수도원 수위직을 은퇴한 나이 지긋한 남자였다. 나는 혹시 그가 면담 시간에 찾아와 강연 내용에 관해 얘기를 나누려 하지 않을까 하고 기대하고 있었다.

어느 날 정말로 그가 나를 찾아왔다. 나는 내 생각들이 조금이라도 도움이 되었는지 물었다. 그는 아주 정중하고 겸손한 태도로 말했다. "아, 그럼요." 그리고 이어서 말했다. "강연은 모두 아주 훌륭합니다. 그 속에서 나는 탁월한 사상들을 발견합니다. 예전에 성 아우구스티누스와 토마스 아퀴나스에 몰두한 적이 있었는데, 그들 또한 훌륭했지요."

그가 나를 아우구스티누스와 아퀴나스와 비교한 것에 대해 기분이 나쁘진 않았다.

"그런데," 그가 덧붙여 물었다. "그 모든 게 부은 내 발엔 무슨 도움이 될까요?"

나는 상당히 당황했다. 도대체 영적인 훈련이 부은 발에 도움이 되어야 하는 걸까? 결과적으로는 누구나 질병과 고통까지도 치료되길 원하는 것이 사실이다.

검은 양도 기도할 수 있다

하지만 이것이 영적인 수련이 될 수는 없지 않겠는가! 혹시 내가 너무 지나치게 신학적이고 영적인 것에 치우쳐 말한 건 아닐까? 아니면 혹시 아주 구체적인 실제 생활, 기쁨과 고통, 가슴 아픈 일과 부어오른 발도 정말 영적인 수련과 관계가 있는 건 아닐까?

예수는 사람들에게 말을 건넬 때 몸과 마음을 구분하지 않았다. 그리고 그가 기쁜 소식을 선포했을 때 불구가 된 자들은 걸을 수 있었고, 눈먼 자들은 볼 수 있었다. 고령의 수도원 수위 어르신과의 만남 이후로 나는 예수의 말씀을 전하는 것이 부어오른 발에도 언제나 도움이 되어야 한다는 사실을 잊지 않는다.

기도는 어떤 식으로든 실제 삶에서도—그러니까 수위 어르신의 부어오른 발에도 그래야 하듯이—언제나 효력을 발휘해야 하는 영적인 현실이다. 기도가 실생활에 아무런 영향을 미치지 않는다면, 적어도 구체적인 삶 속에서 일정 기간 동안 아무것도 변하지 않는다면, 어쩌면 기도하는 사람이 뭔가 잘못한 것일 수 있다. 기도는 학문적이고 지적인 것에 머물러서는 안 되며 진정 '육신이 되어야' 한다. 기도는 사람들의 마음을 열게 하고 감응할 수 있게 하며, 기쁨을 안겨주거나 깊이 생각할 수 있게 하고, 행복감을 가져다주거나 때론 자신의 삶을 바꿔야 한다는 뼈아픈 깨달음도 일깨워준다. 하느님과의 관계를 체험한 사람들의 행동에서 드러난다. 그것이야말로 실생활에서 드러나는 기도의 자연스러운 효과다. 동시에 이론적으로는 인간의 인식 속에 깊이 파고들지언정 머리만 키운 사고로는 실제 자신의 삶에 아무런 영향도 미치지 못했던 많은 철학자와는 분명한 차이를 보이는 것이다.

기도는 삶과 관련되는 모든 것에 파고들어 영적이고 정신적인 것뿐만 아니라 육신에도 영향을 미친다. 우리는 기도를 통해 몸에서 일어나는 변화를 체험할 수 있다. 질병 역시 받아들이거나 맞서 싸우고 있다면 기도를 통해서 신체적인 변화를 체험할 수 있다. 기도는 우리가 하고 있는 일은 물론 다른 사람과의 관계에서도 흔적을 남긴다. 하느님과의 관계에서도 마찬가지다. 기도의 영향은 소리 없는 지적인 과정이 아니라 삶 속에서 구체적으로 느낄 수 있는 것이다.

검은 양도 기도할 수 있다

주임 신부님과 새 그리고 내 안에 있는 새

옛날 내 고향에 계셨던 주임 신부님은 새 한 마리를 키우셨다. 그 새는 '한지Hansi'라는 이름의 작고 노란 잉꼬였다. 한지는 신부님의 서재에 있는 멋진 새장에서 살고 있었다. 이 새에 관해서 특기할 만한 점이 하나 있었다. 신부님은 방문객을 맞으실 때마다 새장과 함께 새를 문 밖에다 갖다놓았던 것이다. 마치 이 새가 서재와 신부님의 대화를 감시할 임무라도 있는 것처럼.

한번은 내가 여쭤보았다. 누군가와 대화 중일 때는 새를 왜 문 앞에 두시냐고.

신부님은 미소를 지으며 이렇게 대답하셨다. "내가 누군가와 얘기를 나눌 때 새를 문 앞에 두는 일은 중요하단다. 왜 그런지 아느냐? 이 작은 새는 얘기할 때마다 중간중간 끼어들기 때문이지. 이 새는 내가 원하든 원하지 않든 끊임없이 끼어들어 지저귄단다. 그리고 또 있지. 이 새가 문 앞에 있으면, 내가 누군가와 얘기를 나누고 있는 중이니 방해해선 안 된다는 걸 모두가 알게 되지 않겠느냐."

나는 훗날 대화를 이끌어가는 방법에 관해 많은 걸

배웠고, 어떻게 대화 중에 주의를 집중할 수 있을지 궁리를 했었다. 그때마다 내게 떠오르는 생각이 있었다. 내 안에 있는 나 자신의 새를 문 앞에 내다둘 때만이 비로소 한 사람에게 집중해서 좋은 대화를 나눌 수 있다는 것을.

그렇지 않으면 이 새가 대화에 끼어들어 지저귀며, 사이사이에 말을 가로막아 심통을 부릴 수 있기 때문에 더 이상 그 결과를 예측할 수가 없게 된다. 그러므로 대화를 나눌 때는 자기 안에 있는 새를 문 밖에 내다두는 게 지혜로운 일이다.

오직 자신의 새가 성령이라고 주장하는 사람은 그 새를 그냥 간직할 것이다. 그러나 하느님의 성령이 단 한 사람의 새로 나타나는 일은 극히 드물다. 대부분 그것은 망상이다.

이런 망상에 빠져 있기보다는, 다른 이들의 관심사를 잘 이해하기 위해 자신의 마음과 영혼을 조용한 침잠의 상태로 만들어 주의 깊게 귀 기울이는 것이 훨씬 좋다.

검은 양도 기도할 수 있다

이 이야기가 기도와 무슨 관련이 있을까?

사람들은 기도할 때 빠져나올 수 없거나 또는 그러기를 원치 않아서 새장 속에 들어앉아 있는 경우가 흔히 있다. 그들은 자신의 고통과 좋고 나쁜 경험들, 중요하거나 또는 중요하지 않는 것들을 틀어쥐고 자기 안에 갇혀 있다.

따라서 이런 것들에 몰두하느라 정작 기도를 위해 중요한—왜냐하면 우리는 기도를 하면서 하느님과의 관계를 만들기 때문이다—자기 안의 가장 깊숙한 곳으로 들어가는 길을 스스로 막아버리게 된다. 자기 안의 가장 깊숙한 곳으로 들어가기 위해서는 우선 걸림돌이 되는 짐과 쓰레기를 깨달아 치워버려야 한다. 그래야 자신의 가장 내면에 있는 근원적인 중심, 즉 자신의 마음을 열게 된다.

새가 지저귀는 것은 방해하는 그 무엇들과 같다. 수다스러운 친척 아주머니 때문에, 재잘거리는 아이들 때문에, 불의한 일로 화를 내는 것이 모두 그런 경우다. 또한 감정의 시끄러운 동요 때문에 기도를 할 수 없게 되는 경우도 마찬가지다.

사람들은 저마다 자기 안에 주의를 산만하게 하는 새를 키우고 있다.

사람들은 이렇게 말한다. 기도 속으로 몰입해 들어갈 때는 이 새를 그냥 무시해야 한다고. 방해를 받고 있는 순간에 새가 지금 어디에 있을지, 왜 그렇게 흥분해서 삑삑 소리를 내면서 우는지 궁금해하며 깊이 생각하는 것은 잘못된 것이라고 그들은 말한다. 그러나 실제로 새 소리를 듣지 않기 위해서는 새를 밖에 내다두는 것이 더 낫다. 그래야 기도를 할 수 있는 고요와 평화가 찾아온다.

그러나 당신의 새가 결코 조용히 있지 않고 방해되는 생각과 감정들로부터 도무지 자유로워질 수 없다면, 이 지속적인 방해의 원인을 집중적으로 파헤쳐보는 일은 의미가 있다. 대체로 우리 안에 머리를 쳐들고 들어와서 몰두하게 되는 생각들은 언제나 같다. 그 경우에 우리는 내 안에서 벌어지는 내면적 대결의 원인을 찾아봄으로써 방해되는 것 자체를 기도로 만들 수 있다. 그러면 우리가 도움을 구하기 위해 전화를 걸곤하는 좋은 친구와 마치 대화를 나누듯 하느님과 이야

검은 양도 기도할 수 있다

기하게 된다. 어쩌면 자신의 새를 다룰 수 있는 내면적 능력이 곧 생기게 될지도 모른다. 아무튼 한 무리의 새 떼가 우리 주위를 맴돌며 날아다니는데도 억지로 기도하려고 애쓰는 것은 전혀 소득을 얻지 못하는 일이다. 새가 계속해서 빽빽 소리를 내며 방해한다는 이유로 기도하려던 마음을 그냥 접어버리는 것도 잘못된 일이다. 그 새는 완전히 사라지는 것이 아니라 다음 날 혹은 그 다음 날 다시 나타나 귀찮게 할 것이기 때문이다. 내 안에서 방해의 원인과 맞대결을 할 때에야 비로소 기도로 향하는 길이 열리게 된다.

그러나 여기서 우리가 한 가지 확신할 수 있는 것이 있다. 그건 하느님이 그의 피조물 모두를 사랑하신다는 사실. 심지어 내 안의 새까지도 사랑하시며, 이 새의 시끄러운 지저귐도 하느님이 듣고 계시기에 가끔은 그것마저도 기도가 될 때가 있다는 사실이다.

기도는 음식을 씹는 것과 같다

사순절에 단식을 하는 의미는 삶을 소홀히 하지 말고

존중하라는 데 있다.

그런데 사람은 자신의 삶에서 무엇을 소홀히 하는가?

우리가 살고 있는 산업사회에서 사람들은 너무 없어서 괴로워하는 게 아니라 너무 많아서 괴로워한다. 삶을 소홀히 한다는 것은 감당 못할 정도로 많은 짐을 지고 있고, 자기의 힘을 정확히 알지 못해 자기의 한계를 고려하지 않으며, 모든 것을 씹지 않고 삼켜버린다는 것을 의미한다. 삶을 소홀히 하지 않기 위해 도움이 되는 것은 무엇보다도 신중하게 씹는 일이다. 사람들은 대부분 경험을 씹지 않고 그대로 삼켜버린다—그 결과로 위궤양을 얻게 되는 경우가 허다하다.

정신적이고 영적인 영역에서는 음식을 먹을 때와 마찬가지로 '잘게 만드는 것'이 중요하다. 그렇지 않으면 덩어리를 그대로 삼켰을 때 목에 걸려 숨이 막히게 된다. 안타깝게도 이 없는 사람들이 많이 생겨버렸다. 더 이상 '무는 버릇'이 없게 된 사람은 삶을 그냥 지나쳐 가게 된다. 물론 그렇다고 언제나 깨물기만 하는 '투견'이 되라는 말은 아니다. 사람은 자신의 삶과 경험들을 잘 씹어 잘게 만들어야 한다. 사순절의 단식 기간은 한 번쯤 씹고 깨물어보기를 아주 의식적으로 해볼 수 있는 의미 있는 기회다. 이를 통해 삶을 새롭게 존중하는 마음이 생기게 될 것이다. 종종 우리는 어려운 일과 문제들에 부딪쳐 좌절하는 일이 생긴다. 그건 어려움이란 것이 불시에 들이닥쳐 깜짝 놀라게 하거나, 우리가 그것을 받아들이기 거부하거나 아니면 그냥 삼켜버리기 때문이다. 그래서 그것들은 소화가 될 수 없는 것이다.

자신의 몸과 영혼을 소홀히 대하는 태도는 자신에게나 다른 사람들에게 그리 좋은 일이 아니다. '존중하지 않는' 태도는 궁극적으로 죽음에 이르게 한다. 우리는 사회에서 일어나는 대부분의 질병과 죽음이 삶에 소홀한 데에서, 즉 너무 많이 먹고, 흡연을 지나치게 많이 하고, 너무 많이 화내는 이른바 과도함에서 온다는 것을 알고 있다. 그 때문에 사순절 단식 기간에는 이렇게 짐이 되는 일을 피하면서 관심과 존중하는 마음으로 '덜함'의 과정을 통해 삶에 도움을 주는 일이 의미 있다.

기도는 음식을 씹는 일과 같다. 기도를 할 때 자신에게 삶을 선물한 딱딱한 조각들과 마찬가지로 맛있는

일상의 행동이 기도가 된다

것들도 씹어서 잘게 만든다. 사순절 단식의 의미는 굶는 데 있는 게 아니다. 단식의 의미는, 모든 것을—영적인 자양분과 마찬가지로 거친 재료로 만들어진 음식까지 포함해서—의식적으로 받아들여 처리하고, 소화되지 않는 것은 배설해 내는 데 있다. 기도도 동일한 리듬을 가진다. 사람들이 기도할 때에도 패스트푸드 식습관에 익숙해져 있는 현실은 안타까운 일이다. 빅맥을 먹듯이 도식화된 표준 기도문을 소비하는 경우가 잦다. 그런 이들은 이제 자신의 생각과 소망, 감정과 두려움, 경험과 희망을 한 조각의 마른 빵 조각을 먹을 때처럼 모든 음식물을 잘 섭취하고 소화해낼 수 있게 처리하고, 잘게 만들고, 오래 씹어 침과 섞을 수 있는 능력을 키워야 할 것이다. 영혼에 불필요한 것이 배설될 때까지.

그러므로 기도를 위한 훈련을 할 때 제대로 씹는 법을 다시 배우는 것은 중요하다. 기도는 좋은 치아와 비교될 수 있다. 기도는 당신이 삶을 구성하는 작은 덩어리들을 잘게 만드는 데에 도움을 준다. 살아가면서 큼지막한 덩어리들을 소화시킨다는 게 얼마나 힘든 일인

검은 양도 기도할 수 있다

지는 누구나 알고 있다. 이것은 음식과 마찬가지로 영혼에도 해당된다. 기도를 할 때 문제를 하나하나 차례대로 자신 앞에 내놓을 수 있다. 그런 과정에서 우리는 자신의 삶을 잘게 나누어 하나하나 살펴볼 수 있도록 한입 크기로 만든다. 그리고 그것을 하느님 앞에 내놓는다. 마치 일상의 식사에 침이 소화를 촉진시켜 주듯이 기도할 때도 '하느님의 효소'가 영혼과 정신의 자양분을 섭취할 수 있도록 도와줄 것이다.

성탄 전야에 돼지 똥 치우기

성탄 전야의 일이었다.

당시 똑똑한 척 거만을 떨며 우쭐대는 젊은 수도사였던 나는 수도원의 내 방에 앉아 정신을 가다듬는 독회를 하며 이 큰 축제를 맞을 준비를 하고 있었다. 그때 문 두드리는 소리가 들렸다. 문 밖에는 수도원 건물의 축사에서 돼지를 돌보는 나이 많은 동료 수도사 한 분이 서 있었다. "자네에게 부탁이 있네." 그분이 말했다. "와서 날 좀 도와주게나. 돼지 우리의 똥을 아직 치

일상의 행동이 기도가 된다

우지 못했네.”

나는 완전히 혼란스러워지고 말았다. 내가 뭐라고 얘기해야 한단 말인가? 나는 이미 샤워를 하고 새 옷으로 갈아입은 상태였다. 내 마음과 주위는 이미 성탄절이나 다름없었다. 그런데 이런 상황에서 지금 내가 돼지 우리의 똥이나 치워야 한단 말인가?!

그래서 나는 대답했다. “아, 돼지 우리의 똥을 치우든 안 치우든 지금 중요한 건 아니지 않습니까. 성탄절이 지난 다음에 해도 분명 상관없을 겁니다.”

이 고령의 형제는 내게 단지 이렇게 말할 뿐이었다. “아니네, 요한네스, 그건 상관없는 일이 아냐. 돼지에게도 축제일이 필요하거든.”

이 나이 많은 형제의 동물에 대한 사랑 그리고 단순하면서도 사랑으로 가득 찬 마음으로 성탄절 축제에 바치는 경외에 감동해 나는 내 자신을 부끄럽게 생각했다.

모두들 자신과 자신의 생각, 집과 가족에 둘러싸여 훌륭한 축제 분위기 속에 젖어들어 있을 때, 나로서는 작든 크든 ‘돼지 우리’가 아직도 어딘가에 감춰져 있지

검은 양도 기도할 수 있다

않기만을 바랄 뿐이다. 꿀꿀거리는 더러운 새끼 돼지 한 마리가 성탄절 전야나 당일에 자기에게도 축제일이 있어야 한다고 외친다면 사람들은 깜짝 놀라—당시 내가 그랬던 것처럼—어찌할 바를 모를 것이다.

우리 사람들도 동전처럼 양면을 지니고 있다. 앞면에는 열병식 때의 멋진 모습이 있고, 뒷면에는 잿빛의 '노동하는 평일의 얼굴'이 있다. 그리고 늘 우리 가슴속에 있는, 또는 겉으로 보이는 성탄절 트리용 장식을 들고 사람들과 하느님 앞으로 나아가려는 경향이 있다.

반면 흔쾌히 보여주고 싶지 않는 어두운 면들도 당연히 있다. 만약 당신이 크고 작은 자신의 '불결한 구석들'을 흐지부지 얼버무리고 넘어간다면, 그레고리안 성가와 할렐루야 합창곡을 부르며 제아무리 자신을 고귀한 분위기로 연출해 낸다 해도 그건 그다지 도움이 되지 않는다. 어차피 자신의 '돼지 우리'를 치우는 일은 피할 수 없다. 이 돼지 우리는 당신의 멋진 모습이 삶의 일부인 것과 마찬가지로 이 역시 그대로 삶의 일부이기 때문이다. 당신은 언제나 좋은 옷으로 빼입고

일상의 행동이 기도가 된다

다닐 수만은 없는 것이다―그런 옷은 어차피 돼지 우리에 어울리지도 않는다.

예수는 몸소 실천하여 우리에게 본을 보여주었다. 그는 가축 우리 안에 있는 가난하고 병든 자들에게로 갔지 부자에게 가지 않았다. 다른 종교들에서도 사정은 비슷하다.

기도를 할 때 우리는 하느님께 자신의 '돼지 우리'를 열어내 보이고, 그를 안으로 들어오게 한다. 나이 많은 그 형제는 당시 내게 단순한 방법이지만 분명하게 그 사실을 보여주었다. 그의 예는 기도에도 적용된다. 그래서 이렇게 말할 수 있다. 당신은 자신의 초콜릿처럼 달콤한 면만을 보이지 말라고. 그렇게 함으로써 하느님에게 더러운 걸 치우는 데 도와달라고, 혼자 있게 내버려두지 말라고, '돼지 우리' 안에서라도 혼자 있지 않게 해달라고 기도할 수 있다. 경건한 생각을 할 때에만 하느님이 나와 연대하는 것은 아니다. 약점을 보이고 실수를 할 때, 어두운 면들이 드러나고 혼란스러울 때에도 하느님은 나와 함께 어깨동무를 하고 계신다. 그것은 우리가 기도 속에서 하는 간청이며, 하

검은 양도 기도할 수 있다

느님을 내게로 초대하는 일이다.

오스트리아의 농업부장관은 이에 대한 아주 훌륭한 예를 보여준 적이 있다. 중국의 농업부장관이 오스트리아를 공식 방문했을 때 그는 이 중국의 장관을 곧장 자기 농장에 있는 양 축사로 데려갔다. 이유는 간단했다. 중국에서 온 이 고위급 손님이 자기들이 여기서 어떻게 살고, 어떻게 일하고 있는지를 진지한 마음으로 보려면 자신의 가축 우리를 봐야 한다는 것이었다. 그곳을 찾은 방문객들은 모두 형식적인 공식 국가 방문을 공동의 산 체험으로 만들어준 그들의 열린 마음에 감동을 받았다.

하느님을 초대할 때 자신의 아름답고 좋은 면만이 아니라 잘못과 모자란 면까지 모두 드러내어야 한다면, 기도를 하는 것도 이와 그리 다르지 않다.

용서한다는 것

아마도 누구나 살아가면서 저마다 다른 사람들로부터 상처를 받고, 아픔을 경험한 적이 있을 것이다. 아픔이

란 그것이 사람의 가장 내밀한 곳을 건드리면 건드릴수
록 더 커진다. 이는 특히 상처만으로도 모자라서 실망
과 모욕까지 뒤따라오는 경우에 딱 들어맞는 말이다.

마음이 병들면 몸도 병든다는 말이 있다. 그럴 수 있
을 것이다. 그러나 한 사람을 실제로 병들게 하는 것은
무엇보다도 용서할 수 없는 그 어떤 것이 마음에 있기
때문이다. 신체적이고 정신적인 아픔을 표현할 수 없
거나 모든 것을 속으로만 삼키는 바람에 자신의 내적
인 균형이 깨질 때, 몸과 마음에 병을 얻게 된다. 치료
는 대개 용서를 통해서만 가능하다. 그러나 지금까지
우리는 안타깝게도 용서의 태도를 잘못 배워왔다.

용서는 잊어버리는 것이 아니다. 내게 아픔을 주는
것과 상처를 준 사람을 알고 있어야 한다. 용서란 득이
되기 때문에 복수를 포기하는 것을 의미하는 게 아니
다. 미화하는 것이거나 또는—평화를 위해—가만히
있는 것도 아니다. 용서는 자의식과 겸허의 자세다.

용서는 다른 사람의 잘못으로부터 그 어떤 이득도
챙기지 않는 것이다. 용서하고자 한다면 자신과 타인
의 약점을 알면서도 이 약점을 대할 때 경외의 마음을

검은 양도 기도할 수 있다

가져야 한다. 다른 사람의 잘못과 약점과 실책을 경외감으로 대할 때만이 그 사람을 위한 그리고 당신 자신을 위한! 새로운 삶의 가능성이 열린다.

다른 사람에 대해 용서하는 마음가짐을 지니는 것은 스스로를 용서할 수 있을 때만이 연습할 수 있게 된다. 그렇지 않으면 죄책감이 자신을 짓누르게 될 것이다. 죄책감은 대부분 자기 자신과 자신의 실수를 받아들일 수 없기 때문에 스스로 그 잘못으로부터 이득을 챙기고 있음을 나타내는 표시다. 많은 사람이 스스로 자신의 과실을 용서하지 않는 것은 안타까운 일이다.

하느님은 이러한 용서의 자세를 가르친다. 하느님은 끊임없이 새롭게 되풀이되는 경외감과 사랑으로 사람을 대하는 분이다. 그리고 이런 방식으로 사람에게 삶의 새로운 기회와 발전 가능성을 선물로 준다.

용서는 삶을 풍성하게 해주는 커다란 내면의 힘이다. 누군가 상처를 주었고 그 때문에 그에게 늘 원한을 품고 있다면, 결코 마음이 편치 않을 것이다. 이것은 자신에게 짐이 된다—문제는 결국 자신에게 있는 것이지 상대방에게 있는 것이 아니다.

용서할 수 없는 사람은 의사소통의 관계를 구축할 능력도 없다. 그러므로 자기에게 상처를 준 사람에게 원한을 품지 않고 오히려 그의 잘못을 풀어주는 것이 중요하다. 사람들은 대부분 자기가 부당한 대우를 받고 있다고 평생 동안 느끼며 산다. 그리고 다른 사람들에게 그 책임을 돌린다. 물론 그 반대의 경우도 마찬가지다. 결국 모두가 다른 사람들에게 상처를 주고 있는 것이다. 이 악순환에서 빠져나오기 위해서는 용서하는 걸 배워야 한다.

사람은 자신의 능력에 한계를 지닌 존재다. 우리는 실수를 하고 다양한 방식으로 서로를 방해한다. 우리는 불완전한 상태에서 살고 있으므로 거기서 비롯된 생각과 그로부터 나오는 행동을 서로 용서해야 한다. 다른 사람에게 그의 삶을—모든 약점과 부당함을 지니고 있는—허락하는 것과 꼭 같은 정도로 내게도 나의 삶이 허락된다. 이러한 기본 자세를 하느님에 대해서도 적용할 수 있다. 즉 우리는 자신의 불완전함을 원망하지 않으면서, 내 모든 결점과 부족함을 지닌 현재의 모습 그대로 나를 창조한 하느님을 용서하는 것이다.

검은 양도 기도할 수 있다

용서의 최고의 형태는 감사다. 우리가 자신에게 잘 못을 범한 사람에게 아무런 비난도 하지 않은 데 대한 감사를 말한다. 그 사람이 준 상처를 당신은 극복했고, 그에게 죄를 사면해 주고 그 죄를 용서한다. 그리고 당 신은 이에 대해 감사한다. 우리는 자신의 좋은 성품, 즉 기꺼이 도움을 주려는 태도나 관용 또는 동정심 등 을 사이좋게 지내는 친구들에게 시험해 볼 기회가 거 의 없다. 그러나 호감이 가지 않는 사람, 적수, 내게 상 처를 주는 사람이 나를 시험대 위에 올려놓는다. 우리 는 이들을 통해 용서하는 걸 배울 수 있으며 감사할 수 있다.

이러한 자세는 기도에서도 표현된다. 예수는 우리가 어떻게 행동해야 하는지를 가르쳐주었다. "너희는 이런 말을 듣는다. 친구를 사랑하고 적을 미워해야 한다고. 그러나 나는 너희에게 이렇게 말한다. 적을 사랑하고 너 희를 미워하는 자들에게 좋은 일을 행하라고. 그렇게 할 때 너희는 하나님의 자녀라고 불리게 될 것이다."

이 말은 모든 오랜 규범을 뒤집은 것이다.

기도를 하면서 용서하는 걸 연습할 수 있다. 끊임없

일상의 행동이 기도가 된다

이 저지르는 실수를 용서해 달라고 하느님에게 기도한다. 그러면서 우리는 자신의 부족한 점들을 용서한다. 기도를 하면서 자신의 불완전함을 의식하게 된다. 그러면서도 스스로 열등감 속으로 빠져들지는 않는다. 그러므로 기도는 자기가 저지른 실수에 대해 책임을 지고, 하느님에게 용서를 구하게 되는 자기 인식이 되기도 한다.

요리와 기도

많은 사람이 자신의 내면에서 기도에 대한 갈망을 발견한다. 그리고 그들은 기도하는 걸 어떻게 배울 수 있는지를 묻는다. 그러면서 자주 당황스러워한다. 왜냐하면 막상 기도를 하려고 들면 그렇게 어려울 수가 없기 때문이다.

나는 보통 두꺼운 기도서를 구입해서 그 안에 정형화되어 있는 기도문들을 그냥 따라 읽는 일은 하지 말라고 권한다. 물론 이런 기도문들도 도움이 될 수는 있다. 마치 요리책에 적혀 있는 조리법처럼. 그러나 사람들은 경험이 부족하므로 이런 기도문을 그저 따라 읽었을 때 어떤 결과가 나올지 모르는 경우가 많다.

물론 한 가지 사실은 얻을 수 있다. 즉 요리와 식사는 배울 수 있다는 점이다. 그리고 기도도 마찬가지다.

요리와 식사에는 전제되어야 할 것이 있다. 바로 배고픔이다. 배가 고프지 않고, 먹고 싶은 마음과 먹는 즐거움이 없고서는 자신의 몸이 무엇인가를 필요로 한다는 깃을 느끼지 않는다.

기도에서도 사정은 마찬가지다. 배고픔을 느껴야 하고, 자신과 다른 사람들과 하느님과 관계를 맺고 싶은 갈망이 있어야 한다. 물론 배고픔과 갈망을 느끼는 방식에 있어서는 매번 다를 수 있다. 기도에 굶주리지도 않고 기도의 즐거움도 느낄 수 없다면, 기도를 배우기란 힘들다. 그리고 친구들과 함께 요리를 하고 식사를 하면서 즐기는 것, 그것은 기도에도 그대로 적용된다. 혼자 식사할 때는 다른 사람들과 식사할 때보다 기쁨이 덜하다. 기쁨은 다른 사람들과 나눌 수 있을 때 더 커지기 때문이다. 하지만 하느님과 삶에 대해 굶주림이 없다면 요리를 하거나 기도를 하려고 하지 않을 것이다.

일상의 행동이 기도가 된다

조리법과 창의력

요리를 하기 위해서는—책이나 잡지에 적혀 있거나 누군가에게서 배운—조리법이 필요하다. 창의력을 발휘해서 스스로 조리법을 만들어낼 수도 있다. 그러기 위해서는 당연히 어느 정도의 경험이 필요하다. 그러나 완성된 조리방식들은 조심스럽게 음미할 필요가 있다. 왜냐하면 적혀 있는 조리법 옆에 있는 사진들은 대개 그 방법이 무척 간단하고 어린아이도 할 수 있을 정도로 쉬운 것이라고 믿게 하는 눈속임일 수 있기 때문이다. 그와 동일한 경우가 기도에도 적용된다.

그럼에도 불구하고 우리는 요리를 하는 가운데서 어떻게 기도를 해야 하는지 배울 수 있다.

준비

요리를 하기 위해서는 우선 해야 할 일들이 많다. 장을 보거나 아니면 적어도 부엌에 있는 여분의 음식이나 남아 있는 재료들을 살펴보는 것 등등 말이다. 몇 가지 물음도 생긴다. 무슨 요리를 할 수 있을지, 누구를 위

검은 양도 기도할 수 있다

해 요리를 할지, 그리고 얼마나 많은 손님을 위해 음식을 장만해야 할지 등등을 묻게 된다.

기도에서도 이와 비슷하다.

우리는 자신의 삶을 바라본다. 그러면서 우리가 어떤 근심들로 압박감을 느끼는지, 내 안에서는 어떤 움직임들이 일어나고 있는지를 묻는다. 기도를 위해서는 이러한 준비들이 반드시 필요하다. 그리고 요리를 하기 위해 부엌, 냄비, 칼과 그 밖의 다른 많은 것이 필요한 것처럼 기도를 위해서도 기도할 공간과 일정한 도구가 필요하다. 모든 도구가 요리할 때마다 전부 필요하거나 적합하지는 않다—이렇듯 특정한 때와 상황에서 목표에 도달하기 위해 모든 기도가 다 적합한 것은 아니다—그래서 결국 조리법뿐만 아니라 창의력도 필요한 것이다. 우리 자신의 창의력을 발휘하기 위해서는 어쩌면 조리법이 도움이 될지도 모른다. 그러나 무엇보다도 확실한 것은, 요리를 하거나 기도를 하기를 원한다면 우리에게 많은 경험이 필요하다는 것이다.

일상의 행동이 기도가 된다

시간과 수고와 연습

물론 이미 조리가 완료된 인스턴트 음식을 냉동실에서 꺼내 전자레인지에서 데우는 것은 매력적인 일이다. 이미 정형화되어 있는 기도문에 대해서도 마찬가지인 것 같다. 그러나 이것은 대개 우리가 중요한 경험을 할 기회를 차단해 버린다. 자신을 스스로 지각하는 것, 자신의 창의력을 개발하는 것, 자신에 대해 그리고 인간을 포함한 모든 피조물에 대해 경외감을 나타내는 것, 이 모든 것을 아예 차단해 버리는 것이다.

준비하는 시간은 수고스럽다. 부엌에서 채소를 깨끗이 씻고 자르고 반죽을 하고 맛을 보고 양념을 해야 한다.

그리고 늘 깔끔하게 작업해야 한다. 설탕을 소금과 섞어버려서도 안 되고, 반죽용으로 사용할 감자를 뜨거운 물 속에 넣고 질퍽거릴 정도로 너무 오랫동안 삶아서도 안 된다.

모든 것에는 그 나름의 시간과 질서와 절차가 필요하다.

기도를 하기 위한 준비도 이보다 더 간단하지 않다. 많은 연습이 필요하며, 이조차도 동일한 일을 끊임없이 반복할 때에만 할 수 있는 것이다.

우리는 간청하는 기도를 한 번 빠르게 건성으로 내뱉고, 찬미의 노래는 빨리 불렀다. 머리와 가슴을 거기에 함께 머물러 있게 하고, 한 가지 것에 집중하기 위해서 수고스러운 노력을 되풀이하는 것은 어렵다. 그리고 요리한 음식이 성공적이지 않더라도 단념하지 않는 것, 이것은 얼마나 어려운 일인가!

기도를 시작하면서 기도에 관한 어떤 조리법이나 지침 사항을 그대로 따라하는 많은 사람이 첫 번째 기도를 시도했을 때 완벽하게 성공하지 않으면 그냥 단념하고 마는 경우가 종종 있다.

"가르쳐준 대로 되지 않잖아" 하고 그들은 말한다. "이 요리법은 멍청해. 이걸 쓴 요리사는 분명 경험이 없는 사람이야." 겉으로 봐서는 이 말이 옳을지도 모른다. 그러나 실제로는, 내면의 가장 깊은 곳에서 스스로 충분히 세심하지 못했을지도 어쩌면 연습이 턱없이 부족했을지도, 모른다.

일상의 행동이 기도가 된다

재료와 양념과 성령

요리를 하려면 일정한 재료와 양념이 필요하다. 그것들이 있어야만 음식이 고유의 맛을 지니게 된다. 기도에도 이와 동일한 것이 적용된다. 즉 기본적인 재료만으로는 충분하지가 않은 것이다. 기도를 시작하는 사람들 중 대다수가 재료를 커다란 냄비에 다 털어 넣고는 불에 올려놓는다.

이렇게 해서 결국 괜찮은 요리가 아니라 누구의 입맛에도 맞지 않는 텁텁한 국물밖에 얻지 못할 때 그들은 의아해한다. 그래서 요리할 때와 기도할 때는 세심함이 아주 중요하다. 재료들은 서로 적당한 분량이 요리 순서에 맞춰서 조화를 이루어야 하고, 무엇보다도 정확히 어떤 양념이 필요하게 될지를 세세하게 생각해봐야 한다.

양념은 성령을 상징한다고 볼 수 있다. 양념을 치면서 요리의 맛을 본다. 양념은 요리에 그 자체의 고유한 특징을 부여한다. 양념은 재료들이 지닌 특성을 뒤덮어버리지 않으며, 기본 재료들이 지닌 맛의 특징들을 완벽하게 드러내게 한다. 영적인 삶과 기도를 배워 익

검은 양도 기도할 수 있다

히는 데에 있어서 보고, 냄새 맡고, 맛을 보고, 젓고, 느낄 수 있는 모든 것이 양념이다. 그렇기 때문에 기도할 때 우리의 감각기관들이 중요하다. 기도는 마음을 건드려야 한다. 그러면 내 안에서는 내가 말하고, 생각하고, 느꼈던 것을 맛볼 수 있는 능력이 생겨난다. 그리고 기도할 때 혹시 너무 많이 또는 너무 적게 집어넣은 게 있다면, 다음번에 조절해야 한다.

양념을 할 때 한 가지 기본 규칙은 언제나 유효하다. 의식적으로 양념을 아끼면서 사용할수록 음식의 맛은 더 좋아진다는 것이다. 그 때문에 기도를 위해서 어떤 재료들이 내게 필요한지 알게 되는 것 또한 좋고 옳은 일이다. 그렇게 될 때 우리 안에서 맛있는 것과 몸에 좋은 것에 대한 느낌과 내면의 미감이 개발될 것이다.

기도를 위한 재료

기도를 위한 재료에는 좋은 자리, 즉 조용한 가운데 자신에게 머물 수 있는 장소도 포함된다. 이런 장소는 살아가는 동안 자주 바뀌기 때문에 계속 반복해서 찾아

일상의 행동이 기도가 된다

야만 할 것이다. 결국에는 이런 장소가 우리 자신 안에 있다는 사실을 알게 될지도 모른다. 아무튼 이런 장소를 찾은 다음에는 거기에 앉아 조용히 있어보자. 어디를 가든 언제나 당신의 생각과 느낌들을 끌어안고 있어서 결코 평온한 고요에 이르지 못하는 한, 당신은 진정한 의미의 기도를 할 수 없다.

여기에 요리와 기도의 미묘한 차이가 있다—아니 전혀 차이점이 아닐 수도 있는 건 아닐까? 요리할 때와 기도할 때 우리는 보통 자신이 무엇인가를 하고 있다는 느낌을 갖는다. 그러나 어떻게 준비해야 하는지를 완벽하게 알고 조리법에 정통하며 연습 또한 충분히 많이 했을 때라도 가장 중요한 것은, 일어나는 일이 저절로 효력을 발휘할 수 있게 놔두는 것이다. 우리가 요리를 하거나 기도를 하면서 어느 정도 성공을 거두게 된다면 물론 이것은 우리가 쏟아 부은 노력에 대해서는 훌륭하게 성공한 게 사실이다. 그러나 정말로 성공한다는 것, 진정한 기쁨이 솟아오르는 것, 그것은 하나의 선물이다. 내면의 기쁨과 충만은 언제나 하나의 선물이다. 그러기에 여기에서 요리를 배우는 것과 기도

검은 양도 기도할 수 있다

를 배우는 것을 서로 비교하는 것은 다소 부적절한 감이 없지 않다.

기도를 위해 한 가지 기본 전제가 되는 사실을 우리는 알고 있다. 우리는 언제나 초대를 받았다는 것, 그래서 우리 자신이 나서서 해야 할 일은 그렇게 많지 않다는 것이다.

집착과 애정 어린 관심

가끔 사람들은 목표에 도달하는 데 완전히 사로잡혀 있다. 그런 다음엔 아무것도 더 이루어지지 않을 때가 많다. 바로 이러한 경우에 결여되어 있는 것이 애정 어린 관심이다. 어떤 것에 사로잡혀 있다는 것, 그것은 마귀와는 아무런 관련이 없다. 그리고 애정 어린 관심도 하느님과는 거의 관련이 없다. 이 두 가지 자세는 우리 자신과 관련이 있다.

문제가 되는 것은 소유 그리고 소유하고자 하는 마음이다. 만약 이 메커니즘을 꿰뚫어보지 못한다면 우리는 제정신을 잃고 더 이상 제자리를 찾지 못하게 된다.

일상의 행동이 기도가 된다

어른이 아이에게 공을 던지면 그 아이는 공을 잡는다. 아이는 공을 다루는 법을 배우고 공을 다시 어른에게 던진다. 이것이 삶의 놀이다. 누군가를 향해 던지고, 주고, 받고, 되돌려 던져주는 것 말이다.

어린아이에겐 어른이 더 이상 필요하지 않게 되는 때가 온다. 아이는 자기의 성공과 실패를 경험하게 될 것이다. 그리고 언젠가는 혼자서 놀거나 다른 사람들과 놀게 될 것이다. 당신은 그때쯤이면 결국 손자들이 공놀이하는 모습을 보며 기뻐하는 노인이 될 것이다. 그렇지만 더 같이 놀 필요는 없다.

애정 어린 관심은 삶을 얻기 위해 삶을 놓아준다. 사로잡혀 있는 상태, 즉 집착은 언제나 같이 놀고 싶어하도록 만든다. 그러면서 속임수를 배우게 되고 이기기를 원하게 된다. 왜냐하면 오직 이기는 것만이 중요하기 때문이다. 그러나 애정 어린 관심은 외형적인 성공이 아니다. 그것은 자신의 얼굴과 영혼에 그려져 있는 주름살을 알아볼 수 있고, 그 역사를 알고 있는 마음가짐인 것이다. 지금까지 삶 자체가 훤히 들여다보였다고 해도, 만약 삶을 소유해야 한다고 생각하게 된다면 바로 그 순간부터 삶은 순식간에 사라진다.

집착은 신뢰가 생겨나지 못하게 만든다. 모든 것을 방어하고, 정당화하며, 비난할 수밖에 없게 만든다. 그 어떤 실수도 자살골이 되며 마이너스로 계산된다. 집착은 우리의 마음을 내면이 아닌 껍데기로 향하게 한다.

주의 깊게 삶을 바라볼 수 있는 사람은 풍성한 삶의 모습을 체험하게 될 것이다. 이러한 사람은 그 선물로 보물을 얻게 되지만 일단 이 보물을 소유할 생각을 하게 되면 그것은 사라져버리고 만다.

이러한 경험 뒤에는 질문이 하나 놓여 있다. 무엇이 인간을 진정 자유롭게 만드는 것인가. 소유인가 아니면 놓아주는 것인가? 누구나 이러한 물질적이고 정신적인 갈등의 한가운데 서 있다. 사람들은 자신이 하느님을 소유할 때 마침내 자유로워진다고 믿고 있다. 하지만 그것은 마치 한 인간을 소유할 수 있다고 생각하는 것과 동일한 거짓추론이다. 모든 것을 놓아줄 수 있는 사람만이 모든 것을 소유하게 될 것이다.

기도에서도 이런 자세가 반영된다.

사람들은 기도를 하면서 곤경에 처해 있는 자신을

일상의 행동이 기도가 된다

도와줄 수 있게 하느님을 자기에게로 끌고 온다. 아마도 갑작스럽게 병에 걸렸거나, 결혼생활의 위기에 봉착했거나, 직업적으로 어려운 문제에 부딪쳤기 때문일 것이다. 그러니까 이제 사람들은 모든 것을 다시 바로잡아줄 하느님을 필요로 하는 것이다. 이러한 기도를 하면서 사람은 하느님에 대한 소유권을 주장하게 된다. 그는 자신의 행복을 강제로 얻어내고자 하는 것이다. 그러나 생각대로 되지 않을 것이다.

결국 간청의 기도를 하지 말아야 한다는 것인가?

간청의 기도에서 실제로 영들이 서로 떨어져나가게 되는데, 그 이유는 이런 기도가 하느님에 대한 소유권을 주장하는 것에 매우 가깝기 때문이다. 그리고 이런 기도는 '영혼을 팔아먹는 사업'으로 전락하는 경우가 빈번하다. 인간은 하느님에게 기도한 다음 그 반대급부로 자신의 문제가 해결되기를 기대한다. "간청의 기도는 종종 영적인 적법성의 한계에 서서 위험한 산마루 타기를 하는 것이다" 하고 한 수도사가 말했다. 내적으로 자유로운 사람이 기도를 할 때 자신의 간청을 통해 그 어떤 이기적인 강요도 행사하지 않고 오로지 자신의 곤경만을 털어놓는다면, 그는 당연히 간청의 기도를 할 수 있다. 하지만 성 안토니우스에게 헌금으로 10유로를 바치면서 자신이 잃어버린 200유로가 든 돈지갑을 찾아달라고 간청한다면, 그는 간청의 기도를 하나의 돈벌기 사업으로 만들고 있는 것이다.

자신의 일이 문제되지 않는 경우에 드리는 간청의 기도는 전혀 다른 성격을 지닌다. 매우 힘든 곤경에 빠져 있는 친구, 형제, 이웃을 도와달라고 하느님에게 기도하는 사람은 개인적인 소유의 바람을 털어놓지 않는다. 이 말이 뜻하는 바는 '주기도문'에 훌륭히 표현되어 있다. 거기에는 "당신의 뜻이 이루지기를"이라고 되어 있다. 내 뜻이 이루어지게 해달라는 바람이 아닌 것이다. 이런 형식이라면 간청의 기도는 의미 있다. 요구하는 게 아니라 간청과 더불어 자신을 전적으로 하느님의 뜻에 내맡기는 것이기 때문이다.

물론 사람이 하느님에게 무언가를 간청하는 일은 지극히 정상적이다. 통증을 덜어달라거나, 아픈 아이를 낫게 해달라거나, 결혼생활을 평화롭게 해달라고 할 수 있다. 그러나 간청에 그 어떤 요구도 결부시켜서는

일상의 행동이 기도가 된다

안 된다. 간청하는 사람이 자기의 애원이 받아들여지지 않을 경우 자기와 맺고 있는 하느님과의 관계를 이것에 좌우되도록 하겠다는 식은 더더욱 안 된다.

기도하라 그리고 일하라(Ora et labora)

나는 한 부인의 병상에 서 있었고, 우리 두 사람은 병이 그녀를 극한 상황 속으로 끌어넣었다는 것을 알고 있었다. 의사를 포함해서 그 누구도 이 부인이 언제 다시 건강하게 될지를 예견할 수는 없었다. 그런데도 그녀는 불만스러워하거나 절망하지 않았다. 그녀가 말했다. "이제 전 기도조차도 더 할 수가 없고, 지금은 이 병을 그저 견뎌내야 하며, 이 병에만 힘을 쏟아야 해요."

그녀를 존재의 극한으로 밀어낸 이 삶의 상황 속에서 그녀는 말로 하는 기도가 더 이상 필요 없음을, 오직 그녀의 목숨과 병을 처리하는 것만이 중요한 일임을 깨달았다.

좌절과 고통, 고독이나 질병을 견뎌내는 것이 얼마

검은 양도 기도할 수 있다

나 어려운 일인지 우리는 알고 있다. 많은 사람이 사람들 사이에서 살고 있으면서도 외로워하고 혼자 버려졌다고 느낀다. 아무도 더 이상 크게 소리를 질러서는 안 되기 때문에—점잖은 행동이 아닐 테니까—절망의 외침은 대부분 소리가 없다. 오늘날 어떤 사회도 이러한 감정의 분출을 용납하지 않는다. 자신의 곤경과 아픔을 큰소리로 내질러버려야 하고 또 그래야만 하는 사람들은 우리가 인정하거나 참아낼 수 있는 선에서 맞아떨어지지 않는다. 우리 자신을 되돌아본다면, 아픔과 절망이 얼마나 클지, 눈물이 얼마나 깊은 곳까지 흐르고 있는지, 이 눈물 고랑을 둘러치고 서 있는 담이 얼마나 말라 있는지를 우리는 안다.

고통과 질병은 우리를 파괴하고 기도할 수 없게 만든다. 그러나 우리는 시간이 지나면서 이런 고통과 질병이 내적인 파멸의 결과가 될 수 있음을, 그리고 이 내적인 파멸의 결과는 어디로 가야 할지 몰라 괴로워하는 사람의 최후 절규가 된다는 사실을 깨닫게 된다. 우리 모두가 어떤 형식으로든 한 번은 경험하게 되고, 불안에 떠는 우리의 목을 간혹 조르기까지도 하는 이 인

일상의 행동이 기도가 된다

간적인 곤경, 이 상황은 하나의 기도다.

아픔이나 기쁨이 눈물을 흘리게 할 때마다 우리는 확신할 수 있다. 이 눈물도 기도라는 것을. 고대 로마 미사전서에는 '눈물의 선물'만을 위한 기도가 있었다. 냉담한 현대인에게 있어 눈물을 기도라고 생각하는 것은 과장으로 보일 수도 있다. 그렇지만 더 자세히 들여다보면 기도는 언제나 인간의, 인간의 마음 가장 내밀한 움직임과 관련되어 있다는 사실을 발견하게 된다. 이러한 삶의 순간에는 어떤 말도 입술 밖으로 나오지 않는다 할지라도, 우리는 자신의 모든 감정과 느낌으로 말하게 된다. 성 베네딕트는, 우리의 마음이 정말로 움직이게 될 때—슬픔의 눈물과 가쁨의 눈물에 의해 움직이게 될 때—비로소 우리는 제대로 진솔하게 기도할 수 있다고 말한다.

하느님이 그의 모든 사랑으로 우리를 감싸안으심을 경험하는 것이 중요하다. 우리가 완전히 비어 있는 순수한 상태로 있을 때 그 순간 우리는 하느님의 현존과 사랑으로 가득 채워지게 된다. 그것은 어쩌면 우리의 인간적인 부족함으로 인해 흐르는 슬픔의 눈물일지도

검은 양도 기도할 수 있다

모르고, 우리가 방금 하느님의 임재의 선물을 경험했기 때문에 쏟아져 나오는 기쁨의 눈물일지도 모른다.

클레흐보의 성 베흐나흐Bernhard von Clairvaux는 이렇게 말했다. "수도사들은 눈물을 흘리기 위해 있는 사람들"이라고. 이 말을 통해 그가 뜻하고자 했던 것은 수도사들이 우울증에 빠진 울보가 되어야 한다는 말이 아니다. 그는 수도사들이 하느님의 현존으로 마음이 움직여진 사람들이기를 바라는 마음을 이 말에 담고 있다. 그것은 싸구려 위로가 아니라 진정한 체험이다. 우리 스스로 고통이나 기쁨 속으로 들어갈 때마다 진정한 기도자가 될 것이다. 설령 아무 말을 할 수 없더라도.

하느님 자신이 고통의 길을 걸어가기 위해 세상 속으로 왔다—그리고 그는 고통받는 자로서 기도하는 자, 의심하는 자 그러나 헌신하는 자가 되기 위해 세상 속으로 왔다. 예수는 자신의 고통 속에서 기도자가 되었다. 올리브 산에서 흘린 예수의 눈물이 그것을 말해준다. 예수는 십자가 위에서 자신에게 가장 깊었던 아픔을 견디며 기도의 말을 찾아낼 수 있는 은혜를 체험했다. "나의 하느님, 나의 하느님, 왜 나를 버리셨나이

일상의 행동이 기도가 된다

까?” 모든 것이 무너져 내리는 것처럼 보였을 때 그는 시편에 있는 시 한 구절의 첫 줄을 내뱉었던 것이다. 이 시는 그가 항상 자신의 아버지로 체험했던 “나의 하느님, 나의 하느님.”으로 시작한다. 그리고 이 시는 이 문장으로 끝난다. “당신의 영광을 내 형제들에게 전하겠습니다.”

시편 31편은 인간적인 곤경과 고통의 극복에 관해서 말하고 있는데, 여기에서 기자는 말한다. “나를 불쌍히 여기소서. 오 하느님, 내가 두려움으로 가득 차 있고, 내 영혼과 몸은 망가지고 말았습니다.” 그리고 시편 16편에는 이렇게 말하고 있다. “그러므로 내 마음은 즐겁고, 내 영혼은 기뻐 어찌할 바를 모르며, 내 몸 또한 안전한 데서 쉬게 될 것입니다.”

고통을 기도로 보는 것과 관련해서 또 다른 한 가지 측면이 중요하게 된다. 고통은 라틴어로 수고, 일, 육체적인 대결을 뜻하는 ‘laborare’이다. 즉 수고, 일, 육체적인 대결은 우리의 삶에 속한다. 성 베네딕트와 그가 창설한 수도회는 자주 기도하라 그리고 일하라(Ora et labora)라는 문장과 동일시된다. 베네딕투스

검은 양도 기도할 수 있다

Benediktus 규율에 따르면, 인간이 하는 일과 매일의 수고가 기도다. 수도회 창설자인 성 베네딕트는 마음의 일과 손으로 한 일을 구분하지 않았다. 그에게는 식탁 시중을 들거나 부엌에서 일하는 것이 제단에서의 집례와 동일한 일인 것이다. 바른 자세로 일하고 매일매일 먹을 빵을 위해 열심히 살아가는 것이 베네딕트에게 있어서는 시편에서 노래하는 것과 꼭 같은 기도인 것이다. 일상의 문제들과 일 자체를 기도로 바라보는 이러한 통찰로부터 완전히 새로운 관점들이 생겨난다.

일상의 행동이 기도가 된다

제 5 장

변속기 속에 끼어 있는 모래

기도에는 항상 기울기가 있다. 한쪽에는 불완전한 인간이, 다른 한쪽에는 완전한 하느님이 있기 때문이다. 그러나 이 사실을 알게 된다고 해서 전혀 움츠러들 필요는 없다. 우리가 기도할 때 하느님은 약점으로 가득한 자신의 피조물로 우리를 받아들인다. 그가 알고 있는 나의 모습은 바로 이러한 모든 결점을 지닌 존재인 것이다.

무엇 하나 제대로 되는 게 없잖아!

융샤르Jungschar(굳이 번역하자면 '청소년 무리' 정도로 표현할 수 있는 이 말은 독일어권의 카톨릭청소년 조직의 명칭이다: 옮긴이) 지도자와 부사제의 얼굴은 환해 보였다. 여름캠프를 떠나기 위해 아이들이 모여 있었고, 배낭들도 꾸려놓았으며, 먹을 것도 다 채워놓았다. 제대로 된 여름캠프를 하러 떠날 채비가 모두 되었고, 이제는 당연히 모든 게 순조롭게 진행되어야 했다.

모두들 들떠 있었고, 각자 무엇을 하고 무엇을 내버

변속기 속에 끼어 있는 모래

려두어야 하는지 정확히 알고 있었다. 허용되지 않는 일과 누구나 해도 되는 일, 예컨대 누가 언제 어디서 씻어야 하는지가 명확하게 정해져 있었다.

여름캠프에서 일어날 모든 일은 순풍에 돛단 듯 진행되도록 계획되어 있었던 것이다.

그러나 캠프에 참가했던 팀이 돌아왔을 때는 아무것도 순조롭게 진행되지 않았다는 사실이 드러났다. 한 사람은 고기를 굽다가 손가락을 데었고, 아이들은 자지 않고 밤을 새웠으며, 부사제는 머리끝까지 화가 나 있었다.

융샤르 지도자는 벌써 내년 계획을 포기할 생각을 했다. 왜냐하면 이번 캠프는 어느 것 하나도 제대로 진행되지 않았기 때문이었다. 심지어 남자아이들은 밤중에 담배를 피워댔고, 여자아이들의 머리카락에 꿀을 발라놓기까지 했다. 카세트녹음기 두 대를 몰래 가져가서는 밤새도록 이불 속에서 음악을 듣기도 했으며 설거지할 때는 거의 매일 실랑이가 벌어졌다.

그런데 이상하게도 모두가 매우 흡족해하는 것이었다. 적어도 아이들은 그랬다. 아이들은 아무도 알아서

검은 양도 기도할 수 있다

는 안 될 크고 작은 자기들의 추행을 이야깃거리 삼아, 또 '큰 사람들'이 자기들 때문에 화를 낸 것에 관해서 서로 몰래 얘기하고 있었다.

여름캠프에서는 애초에 계획했던 모든 것이 허사가 되어 아무것도 제대로 된 것이 없을 정도였다. 그렇게 되는 걸 원한다면 여름캠프는 해선 안 되었다.

불완전한 인간과 완전한 하느님

아이들을 맡고 있는 사람이라면 적어도 하느님이 지닌 속성 한 가지는 갖출 필요가 있다. 아무것도 순조롭게 진행되지는 않는다는 사실을 알고 있을 것. 하느님은 인간을 긴 줄에 매달아 움직이는 꼭두각시 놀이꾼이 아니다. 그는 스스로 걷고 행동할 수 있는 능력을 우리에게 주셨다.

세상 전체가 하느님의 청소년 캠프장이다. 그래서 무엇 하나 제대로 이루어지는 게 없고, 온통 뒤죽박죽이기만 하다. 그래도 그는 포기하지 않는다. 하느님은 여름캠프를 날마다 아침부터 밤늦게까지, 일 년 내내

변속기 속에 끼어 있는 모래

쉬는 날 없이 개최한다.

어떤 부류의 사람들은 하느님과의 관계를 교장 선생님과 학생의 관계로 설정한다. 그들의 생각 속에 있는 사랑의 하느님은, 살아가면서 모든 것이 아무런 마찰도 없이 굴러갈 수 있게 해주는—누구나 알고 있는 계명과 규칙에 따라서 언제나 정확하게 해주는 —파수꾼 정도로 세워져 있다. 그렇지만 삶은 전혀 다른 것이다. 삶은 늘 삐딱하게 진행되기 때문이다.

이제 여기서 이런 의문이 제기된다. 나는 계명을 지키기에 여력이 없는 무능력한 현대인이 아닐까, 아니면 하느님이 잘못된 규정들을 만든 것일까? 세상을 위한 그의 '사용설명서'가 혹 잘못된 건 아닐까?

기도에 있어서도 하느님은 총감독의 역할을 하지 않으며 잘못 주차한 사람에게 벌금딱지를 떼는 교통경찰 역시 아니다. 사람들은 세상에서 일어나는 모든 사건에 대해 하느님에게 책임을 묻는다. 좋은 것이든 나쁜 것이든 간에.

그러므로 자신이 그려놓은 하느님에 대한 이미지에 대해 진지하게 생각해 보는 일은 의미 있다.

검은 양도 기도할 수 있다

하느님은 의도적으로 인간을 자유의지를 지닌 불완전한 존재로 창조했다. 인간을 결점을 지닌 실수하는 존재로 만들어놓은 사실은 하느님이 완전한 분임을 말한다. 인간의 본성에는 미완성과 완전하지 않음이 내포되어 있다. 그러니 무엇 하나 제대로 될 리가 없다.

세상 모든 것이 결점 없이 완전하다면 우리는 하느님을 필요로 하지 않을 것이다. 불완전함, 약점, 실수는 뭔가 좋은 것이 생길 수 있다는, 그러나 이따금 파국도 닥칠 수 있다는 하나의 가능성으로, 하느님의 구원 계획 속에 들어 있다.

그러므로 사람은 기도할 때도 하느님에게 완전한 것을 요구해서는 안 된다. 그리고 세상의 모든 것이 흠 없이 완벽해야 한다고 요구해서도 안 된다.

당신은 조용히 하느님 앞에 나아가 자신에게 주어진 많은 것이 어떻게 잘못되어가고 있는지를, 자신이 종종 혼란스럽게 행동하고 있다는 것을, 그러므로 아무것도 되는 일이 없다는 사실을 말할 수 있다. 기도는 언제나 인간의 불완전성을 표현한다. 사도 바울은 이렇게 말했다. 사람들은 어떻게 기도해야 하는지를 모른

변속기 속에 끼어 있는 모래

다고. 하지만 하느님의 영이 그들 편에 서 있어서 결국 그들의 마음을 움직이는 모든 것을 기도로 표현할 수 있게 해준다고.

기도에는 항상 기울기가 있다. 한쪽에는 불완전한 인간이, 다른 한쪽에는 완전한 하느님이 있기 때문이다. 그러나 이 사실을 알게 된다고 해서 전혀 움츠러들 필요는 없다. 우리가 기도할 때 하느님은 약점으로 가득한 자신의 피조물로 우리를 받아들인다. 그가 알고 있는 나의 모습은 바로 이러한 모든 결점을 지닌 존재인 것이다.

기도 속의 코뿔소

특정한 목적과 목표를 향해 삶을 자신의 생각대로 만들어가고자 할 때 사람들은 대개 좋은 의도들을 가진다. 그러나 그러한 좋은 의도들은 살아가는 길에서 장애물이 될 수도 있다. 기도하는 것이나 영적 목표에 도달하는 것이 문제가 될 때 특히 그렇다.

중세 연금술사들에 관한 한 이야기에서도 이러한 깨

달음을 엿볼 수 있다.

연금술사들은 뭔가를 찾고 있는 사람들이었다. 이들의 주된 관심사는 자신과 다른 사람들 그리고 물질까지도 변화시키는 데에 있었다. 이들의 지상 목표는 모든 종류의 물질로부터 황금을 만들어내는 것이었다. 그러나 사람들이 그들을 가리켜 돈과 황금에 굶주린 사람이라고 비난한다면, 그건 그들을 부당하게 대하는 것이다. 그들에게는 그 무엇보다도 내면의 길을 가는 것이 문제였다. 연금술사들에게는 매우 엄격한 상하체계가 있었다. 이 길을 택한 사람은 언젠가는 장인이 되기 위해 오랜 세월 동안 도제 및 예비장인의 생활을 거쳐야 했다. 이 이야기는 그렇게 연금술을 배워가며 그 길을 찾아가는 한 사람에 관한 것이다.

그는 변형술과 연금술의 길을 선택해 수년 동안의 힘겨운 도제생활을 마쳤다. 열심히 노력해서 첫 번째 시험에 통과했고, 몇년 동안의 예비장인 기간을 거친 뒤 그는 장인이 되기 위한 큰 시험을 앞두게 되었다.

스승이 그를 불렀다. 스승은 이제 그의 제자가 수년

변속기 속에 끼어 있는 모래

동안의 긴 견습 기간을 거쳐 장인시험을 볼 때가 되었음을 확신한다고 털어놓았다. 그리고 그에게 두루마리 양피지 하나를 건네며 말했다. "이 양피지에는 연금술과 우리 연금술 사단의 가장 심오한 비밀이 적혀 있네. 여기에 적힌 지침대로만 하면 자넨 모든 물질을 금으로 바꿀 수 있네. 하지만 이 지침 사항들을 사용할 때 절대 코뿔소를 생각해선 안 된다는 걸 명심하게."

제자는 기쁘고 감사하는 마음으로 그 양피지를 받아들고는 집으로 가지고 가서 지침 사항들을 실행에 옮길 준비를 했다. 그런데 양피지 두루마리를 그냥 쳐다보거나 건드리기만 해도 그의 머릿속에서는 매번 코뿔소가 떠올랐다. 그것도 한 마리가 아닌 수백 마리, 큰 무리의 수많은 코뿔소가 생각났던 것이다.

머릿속의 코뿔소들을 지워버리려고 필사적으로 연습을 한 지 몇 주가 지나 그는 희망을 잃고 슬픔에 잠겨 스승에게로 돌아갔다. 눈에 눈물을 머금고 그는 말했다. "전 지금까지 살아오면서 한 번도 코뿔소를 생각해 본 적이 없었습니다. 그러나 이 양피지를 그저 생각하거나 건드리기만 해도 더 이상 제 일에 몰두할 수가 없

검은 양도 기도할 수 있다

게 되었습니다."

절망에 찬 표정으로 그는 연금술의 비밀이 적힌 두루마리를 다시 스승의 손에 돌려주면서 말했다. "저는 이 길을 계속 갈 수 있는 자격을 얻지 못했습니다. 다시 처음부터 시작해야겠습니다."

스승은 그에게 용기를 북돋아주는 미소를 지어보이며 말했다. "이제 자넨 인간의 삶에서 무엇이 중요한 것인지를 이해한 것이라네."

목표에 대한 생각과 좋은 의도들이 우리의 기도를 방해하는 경우가 종종 있다. 그 어떤 의도도 품지 않으면 우리에게는 내면의 자유가 생기고 불가능한 것을 믿을 수 있도록 마음이 열리는데, 바로 이러한 무의도성을 배우는 것은 어려운 일이다. 종종 '믿음이 없는 사람들'이 오히려 '믿음이 약한 사람들'보다 무의도성을 더 잘 배우기도 하는데, 그 이유는 아마도 믿음이 없는 사람들이 아무것도 기대하지 않고 더 바라는 것도 없기 때문일 것이다. 가끔은 하느님에 대해서 아무런 생각도 가지고 있지 않는 편이 더 좋은 것처럼 보인다.

변속기 속에 끼어 있는 모래

그런 경우에는 하느님에 대한 잘못된 이미지도 갖지 않기 때문이다.

이 말은 거의 반어적이다. 다른 것도 아니고 하필이면 우리가 다다르려고 하는 바로 그것이 우리의 기도생활에 방해가 된다니 말이다. 우연히 영적인 삶의 길로 오게 되어 아무런 의도도 없는 사람들, 바로 그런 사람들이 더 쉽게 기도생활을 하는 경우가 가끔 있다. 연금술사의 제자에게 일어난 것과 같은 일이 자주 일어난다. 이들의 기도 속에는 기도의 불길에 기름을 부어주기는커녕 오히려 불을 꺼트리려드는 생각과 감정, 의도가 뒤섞여 있는 것이다.

이런 기도에는 오히려 '목적이 짐으로 실려 있으며' 특정한 목표에 맞춰져 있다. 그런 기도를 하는 사람에게는 불가능을 믿는 내면의 자유와 열린 마음이 없다.

기도로 향하는 본질적인 단계 중 하나는, 자유로 이끌어주는 내면의 공백이다. 이 길을 가는 사람은 어쩌면 자신이 기도하고 있다는 것조차도 모를 것이다. 그의 마음과 생각은 전적으로 자기 자신을 채우고 변화시키는 데에 맞춰져 있다.

그렇기 때문에 기존의 기도 형식에는 익숙하지 않거나 아예 그런 것 따위를 거부하는 사람들이 신성한 장소나 성스러운 공간에서 그들의 마음이 움직여 기도의 체험을 하게 되면 스스로 무척 당황하기도 한다. 그들은 자신의 마음이 기도한다는 것과 자신이 전적으로 자유롭다는 것, 그리고 자기 자신의 성스러운 중심부로 마치 우연인 양 들어오게 되었다는 사실을 몸으로 직접 느끼게 된다. 우리에게 짐이 되거나 혹은 기쁘게 하거나 움츠리게 하는 그 모든 것으로부터, 삶의 내적인 중심부가 자유로워질수록 기도의 전제조건인 '나 자신을 내맡기는 마음'에 더 빨리 도달할 수 있다. 물론 이는 우연성에 우리를 내맡겨야 한다는 말이 아니다. 즉 우리가 바라보고 있는 목표들로부터, 우리에게 이로울 것이라고 생각하는 목표들로부터 자유로워지는 연습을 끊임없이 되풀이해야 한다는 것을 말한다.

이런 자세는 주기도문에 가장 아름답게 표현되어 있다. "당신의 뜻이 하늘에서와 같이 땅에서도 이루어지게 하소서."

그러니까 우리가 마주치게 되는 코뿔소 때문에 화를

낼 필요는 전혀 없다. 하지만 내게 나타난 코뿔소를, 아직도 얼마나 내 안에 나를 가둬두고 있는지를 보여 주는 암시로 생각할 필요는 있겠다.

더 이상 아무것도 기다릴 게 없다고?

한 노부부를 방문한 적이 있었다. 그건 슬픈 방문이었다.

내 노크 소리에 아무도 문을 열지 않았다. 내가 집안으로 들어갔을 때 두 노인은 각자 자기 안락의자에 앉아 있었다. TV를 켜놓은 채 잠들어 있다. "우린 더 기다릴 게 없는 사람이에요." 할머니는 미안하다는 투로 말했다. "우린 그저 하루 종일 텔레비전 앞에 앉아 있거나 잠을 자지요. 예전에는 좀 달랐어요. 그때는 학교에서 돌아오는 아이들을 기다렸고, 저녁에는 남편을 기다렸고, 그리고 돈 때문에 매월 첫째 날을 기다리기도 했었어요. 오후엔 텔레비전 방송이 시작하는 걸 기다렸지요. 지금은 이제 그것조차도 기다릴 필요가 없지요. 위성안테나를 새로 달아서 하루 종일 방송이 나오니까요. 난 내가 무엇을 더 기다려야 하는지 이젠

검은 양도 기도할 수 있다

모르겠어요. 지금은 그냥 죽을 때를 기다리고 있는 거지요."

이 노부부에게는 이미 삶이 멈춰 있었다. 그들은 더 이상 아무것도—스스로를 위해서나 인간을 위해서—기대하지 않았기 때문이다.

갈망이나 희망, 확신이 더 이상 없을 때 실제로 삶은 죽는다. 일상의 여러 가지 마취제, 먹을 것과 TV, 확실히 보장된 연금, 이런 것들이 갈망을 대신해 줄 수는 없다.

마리아 리히트메스Maria Lichtmess와 두 예언자 시므온Simeon과 한나Hanna에 관한 이야기를 들을 때면 나는 이 두 노인이 생각난다. 저 두 예언자도 고통과 기쁨으로 가득 찬 삶을 살았던 노인이다. "그들은 이스라엘의 위로를 기다렸다"고 한다. 고령에도 불구하고 그들은 갈망과 희망과 믿음으로 가득 차 있었고 말할 나위 없이 활동적이었다. "날마다 그들은 사원으로 갔다"고 성경은 기록하고 있다. 시므온과 한나는 날마다 하느님에게로 가는 중이었던 것이다. 그리고 그들은 위로를 얻었다.

변속기 속에 끼어 있는 모래

그러나 이 두 사람은 언제나 사람에게로도 가고 있었다. 그들은 아이가 데리고 있는 마리아와 요셉을 만났다. 어느 누구의 삶에서도 흔히 일어날 수 있는 단순한 만남 속에서 그들은 위로를 받았다. 젊게 사는 노인들과 늙은이가 되어 사는 젊은이들이 확신과 갈망을 가지고 서로 만나게 된다면 얼마나 좋을까! 하느님의 위로가 그들에게 선물로 주어지게 될 것이다.

작가 마크 트웨인이 이런 말을 했다. "우리가 목표를 시야에서 놓쳐버렸을 때 우리는 두 배로 수고한 것이다."

그리고 프랑스의 위인 앙트완 드 생텍쥐페리 Antoine de Saint-Exupery는 말했다. "어느 항구로 항해해야 할지 모를 때 그대는 항해 중에 바람을 이용할 수 없다."

사람이 어떤 내면적 목표도 더 이상 갖고 있지 않을 때, 다시 말해 무엇 때문에 사는지를 더 이상 알지 못할 때 삶은 힘들고 공허해진다. 삶은 갈망과 발전을 필요로 한다. 멈춰 서서 정지 상태에 머물러 있는 사람은 설령 그가 아직 숨을 쉬고 움직인다 하더라도 죽은 것이

검은 양도 기도할 수 있다

다. 발전은 사람이 무엇인가를 기대하면서 기뻐할 수 있다는 것을 의미한다. 살아가면서 아무런 전망도 더 이상 가지고 있지 않은 사람에게는 돈도 소유물도 전혀 소용이 없다.

단지 만족되지 못한 물질적 소망들로만 목표가 이루어져 있다면 그것 역시 잘못된 것이다. 텔레비전 앞에서 깜빡 잠이 들었던 저 두 노인은 애초엔 삶에 대한 갈망을 가지고 있었으나 잠든 사이에 놓쳐버리고 말았다. 그들에게는 내면적 목표들이 결여되어 있었다. 오늘날 수많은 사람이 안타깝게도 더 이상 내면적 목표를 가지고 있지 않다. 그들은 단지 더 큰 자동차를 사고, 더 많은 돈을 벌고, 경력 사다리에서 약진하고, 남태평양에서 휴가를 보내고, 매력적인 연인과 근심 없이 사는 것과 같은, 바깥으로만 향해 살아가고 있는 것이다.

누구나 자기 안에, 종종 무의식적으로도, 삶의 의미를 묻는 질문을 간직하고 있다. 물질적 욕망을 쫓아가는 추격전은 이에 대한 대답을 줄 수 없다. 그 때문에 목표들을 내부로 옮겨놓는 것은 의미 있는 일이다. 하

변속기 속에 끼어 있는 모래

느님의 실재에 다다를 때까지.

영적인 삶은, 한 인간이 외부세계에 있는 자신의 갈망과 소망들로만 향해 가던 일을 중단할 때 바로 그 순간 시작된다.

"하느님, 나의 하느님, 나는 당신을 찾고 있습니다. 내 영혼이 당신을 목마르게 찾고 있습니다." 시편 어딘가에는 이렇게 적혀 있다. 그 노래를 쓴 시편의 기자는 인간이 삶의 희미한 불꽃을 찾아다니는 모습을 아름답게 묘사하고 있다.

우리는 하느님에게 기도하면서 이러한 삶의 목표를 우리 안에서 찾아내어 알아볼 수 있게 해달라고, 그리고 인생의 청룡열차에 실린 채 이리저리 내던져지지 않게 해달라고 간청할 수 있다. 우리는 기도를 하는 과정에서 자신을 끊임없이 되풀이해서 목표로부터 멀어지게 만드는 수많은 사도(邪道)와 으슥한 골목길을 보게 될 것이다. 그러므로 잘못된 길들로 더 이상 빠져들지 않게 도와달라는 부탁을 할 수 있다. 이것이 바로 기도하면서 깨달음을 달라는 간청이다.

검은 양도 기도할 수 있다

한 사디스트 청년과 선인장

몇 주 전에 나는 한 지적인 젊은 남자의 사무실을 찾아 갔다. 사무실은 간소하고 별다른 장식품이나 특별한 가구가 없는 방이었다. 흔히 말하는 쿨한 곳이었다. 컴퓨터와 TV가 사무실에서 가장 큰 자리를 차지하고 있었다. 나는 창문턱에서 선인장 하나를 발견했다. "다행이군" 나는 속으로 생각했다. "이 방에 살아 있는 존재가 적어도 하나는 있으니." 내가 이 젊은이에게 이런 생각을 화제 삼아 말을 꺼내자 그가 싱긋이 웃더니 말했다. "그건 실험용 선인장입니다. 물을 안 준 지 일 년 반이 되었는데, 이놈이 얼마나 더 견디는지 두고 보려는 겁니다."

이 말에 나는 깜짝 놀랐다.

이러한 행동 방식들은 안타깝게도 많은 사람에게서 엿볼 수 있다. 그들 스스로는 의식하지 못한다 하더라도 말이다. 그들은 선인장, 식물, 고양이와 개를 보살펴주고 있기는 하지만, 자기 자신과 다른 사람들을 대할 때는 이 젊은이가 선인장을 대하듯 한다. 선인장은 일 년 반 동안 물을 부어주지 않아도 견딜 수 있을지 모

변속기 속에 끼어 있는 모래

른다. 이전엔 사막에서만 살았던 이 식물은 어쩌면 그래야만 더 편안하게 느낄지도 모른다. 그러나 사람이 실험용 토끼로 만들어져 고립되어 있다면 아무런 피해를 입지 않고 며칠 이상 견뎌내지는 못한다.

이런 일이 부주의로 인해 일어난다 해도 그건 분명히 나쁜 일이다. 한 사람이 의식적으로 이렇게 행동한다면 그것은 파국으로 치닫고 말 것이다. 다른 한 사람을 자신의 무감각증의 장난감 공으로 만드는 사람은 스스로 얼마나 메마르고 생기 없게 느낄 것이며, 얼마나 홀대받고 학대된다고 생각할 것인가! 그리고 "이놈이 얼마나 더 견디는지"라고 겉으로 내세운 관심 뒤에는, 어쩌면 이곳에선 누군가 선인장까지—인간까지도—돌보고 있어야 한다는 절망에 찬 절규가 있을지 모르는 일이다.

이 상황을 눈앞에 두고 보면서 나는 경악했으며 도움이 되고자 했다. 나는 조심스럽게 물었고 귀담아 들었지만, 나의 모든 말과 노력은 그대로 도로 튀어나오고 말았다.

계산된 생각으로 일 년 반 동안 물을 주지 않은 선인

검은 양도 기도할 수 있다

장이 내 마음을 움직였지만, 나를 정말 당황하게 만든 것은 사람을 움직일 수 없었던 나의 무력감이었다. 마음이 움직이지 않는다는 점에서 그는 그 어떤 선인장보다 더 딱한 사람이었다.

이 남자와 그의 선인장을 담은 이 이야기 그림은, 오랜 세월을 살아오면서 인간이 가장 중요한 영적 양분의 원천, 즉 기도 속에서 맺는 하느님과의 관계를 스스로 보류해 놓고 있음을 보여준다. 여기서 한 가지 질문이 생긴다. 사람은 이러한 관계 단절의 상태를 얼마나 오랫동안 견뎌낼 수 있을까? 이 사람은 하느님을 자주 창문턱 위에 놓인 선인장처럼 그냥 서 있게 내버려두고는 하느님이 얼마나 오랫동안 이런 멸시를 당하고 있을지 시험하고 있는 셈이다. 이렇게 되면 문제는 역전되는 셈이다. 왜냐하면 이러한 상황은 하느님에게 위험한 것이 아니라 바로 사람에게 위험하기 때문이다. 사람이 고통을 짊어지고 가는 존재, 즉 선인장이고 바로 그의 삶이 문제가 된다. 우리는 선인장이 물을 필요로 하듯이 우리에게는 하느님의 양분이 필요하다는 사실을 자주 잊고 살아간다. 신뢰 없이 살 수 있는 사람

변속기 속에 끼어 있는 모래

은 아무도 없다. 그리고 사람들은 어리석게도 자신이 하느님을 외면함으로써 하느님을 벌할 수 있을 것이라고 믿는다. 복수를 하겠다는 식의 이러한 소아병적인 사고를 하면서 그들은 자기의 삶의 에너지를 잘라내 버리는 꼴이 되고 만다.

젊은이는 자기 사무실 안에서 자기의 선인장과 관계를 맺고는 있지만, 그것은 변태적인 관계다. 그저 겉으로만 관심을 두는 것처럼 보이는 선인장에 대한 생각 속에는 가학증(사디즘)이 표출되고 있다. 그 젊은이가 괴롭히고 있는 것은 식물뿐만이 아니다. 그는 자신도 괴롭히고 있다. 이런 사람들은 자신의 행동이 스스로를 파괴하고 있다는 사실을 깨닫지 못한 채 삶의 빛을 서서히 꺼트리면서 결국에는 어둠 속에 완전히 삼켜지게 된다. 실제로 고통을 당하는 쪽은 가학자(사디스트) 그 자신이다.

어떻게 하면 그를 도울 수 있을까?

물론 이런 사람이 화원을 만들어 스스로 생명의 성장 과정과 관계를 맺기 시작한다면 그보다 더 멋진 일

검은 양도 기도할 수 있다

은 없을 것이다. 그러나 이런 사람은 내적으로 차가운 불감증에 걸려 있으므로 그것을 기대하기는 어렵다. 그렇기 때문에 이들이 자신의 가학적인 성향들을 알게 되고 어느 정도 변하게 되리라는 것은 상상조차도 할 수 없다. 그래서 이런 사람들에게 갑자기 들이닥치는 질병이나 파국은 자신에게 일어나는 극적인 상황 변화를 스스로 깨달아 통찰하게 되는 유일한 길이 되는 경우가 종종 있다.

정도가 약할지라도 이와 유사한 영적인 마음가짐을 지닌 많은 사람은 자기에게 호감을 갖지 않는 누군가를 '아웃사이드'(축국경기장 테두리 선) 밖에다 세워놓는다. 그들은 이 사람을 못 본 체하면서 무시함으로써 그를 벌한다. 그들은 이 '희생양'을 시계 안에 두고 얼마나 오랫동안 그 고통을 견뎌내는지 관찰한다. 정말 끔찍한 실험이다. 이것은 물론 당하는 사람에게 상처를 주지만 가장 큰 해를 입는 사람은 이런 행위를 하는 바로 그 당사자다.

우리의 선인장의 적은 계산적이다. 그는 자신이 전능하다고 느낀다. 적어도 자기 선인장에게만큼은 그렇

변속기 속에 끼어 있는 모래

다. 사람들은 감정 없는 상태가 되었기 때문에 이러한 자세는 최근에 자주 발견되고 있다. 인간과 동물을 상대로 하는 실험, 가혹하기 짝이 없는 동물 수송, 유전공학에서의 복제작업 등 도처에서 생명은 이를테면 '가처분' 상태가 될 운명에 놓여 있는 것을 보라.

기도는 이러한 일들 속에서 삶의 구원자 역할을 할 수 있다. 길을 잘못 접어든 사람이 기도를 통해 하느님과의 관계를 회복하고 스스로 자신의 가학적 환상에서 자유로울 수 있는 능력을 얻게 된다면, 그는 다시 삶으로 되돌아오는 것이다.

하느님을 믿는 테러리스트들

내 맞은편에 앉아 있는 부인은 절망에 빠져 있었다. 스물한 살 된 아들은 심한 오토바이 사고를 당한 이후로 여러 가지 신체장애로 고통을 받으며 그녀가 24시간 보살펴주어야 하는 영구간병 대상자의 처지가 되고 만 것이다.

가슴을 찢어놓는 이 사건이 어머니의 삶을 바꿔놓았

검은 양도 기도할 수 있다

다. 그녀는 자신의 운명과 사람들과 하느님을 원망했다. 그녀는 맺고 있던 모든 관계에서 등을 돌리게 되었고 점점 더 외로워졌다. 특히 주임 신부님이 이끄는 성경공부에 참석하는 일을 지속할 수 없게 된 것이 그녀를 더 심각한 상황으로 몰아넣게 되었다.

그녀가 말했다. "신부님, 그거 아세요? 소위 '선한 기독교인들'은 가혹하고 무정한 사람들이 되었다는 거 말이에요. 전 그때 더 이상 교회에 나갈 수 없었고, 더 이상 기도도 할 수 없었고, 완전히 절망에 빠져 있었어요. 저랑 같이 성경공부를 하던 사람들은 저의 이런 변화를 이해하지 못했어요. 그래서 제게는 소위 '불완전한' 사람들이 오히려 더 맘에 드는 것이지요. 왜냐하면 그들이 더 인간적이니까요."

이 부인의 이야기를 듣고 나는 당황하지 않을 수 없었다.

크리스천으로서 삶을 가꿔나가고자 하는 사람들이 무정한 태도를 보이는 경우가 가끔 있다. 왜냐하면 그들이 행하는 선한 일이 자신을 더 인간적이거나 공감하는 사람으로 만들기보다는 오히려 매정한 사람으로

변속기 속에 끼어 있는 모래

만들기 때문이다. 종교적인 사람들이 그들의 신앙적 확신을 법으로 만들어 오히려 그것으로 자기와 다른 사람들을 노예로 삼으려 하는 위험한 경우가 실제로 가끔 일어난다.

이들의 이 같은 행동에 악한 의도가 있는 건 아니다. 스스로 옳다고 생각해 자기의 생활 속에서 실현하고 있는 그 모든 것이 다른 사람들에게도 옳은 것임이 분명하다고 확신하기 때문이다. 그래서 그들은 믿음, 소망, 사랑을 누구나 지켜야 하는 강철 같은 냉혹한 법으로 만들어버린다.

그러는 가운데서 사람들은 저마다 자신의 삶의 이야기나 고유한 체험들, 또는 특정 사건들 때문에 그들이 제시하는 길을 함께 이해하고 동행할 수 없다는 사실을 간과하는 오류에 빠진다. 이때 종교적 확신과 신앙은 테러가 된다. 대부분 이러한 태도 뒤에 감춰져 있는 것은 두려움과 불안이다. 그러나 믿음으로 하느님 안에서 보호받고 있다고 느낄 때 이 두려움이 사라지고 마음의 폭은 넓어진다. 인간은 특별히 능력을 발휘하지 않고도 하느님 안에서 보호를 받을 수 있다는 내적인 확신을 갖게 되면서 말이다.

종교적인 사람들이나 단체들은 종종 그들 신앙의 원칙들을 과장하는 위험에 빠진다. 이들은 다른 모든 사람을 그들이 가진 신앙의 신념에로 귀의시키고자 한다. 열심히 상처를 주고 모욕을 주면서. 근본주의자들은 폭력을 사용하면서 다른 사람들에게 자기들의 도덕적 원칙을 강요했다. 이에 대한 끔찍한 예들은 어느 시대, 어느 종교에서든 계속해서 되풀이되어 왔다.

약화된 형태이기는 하지만 이러한 무정한 선교활동은 일상생활에서도 빈번히 일어난다. 같은 기본 원칙들을 주장하지 않는 사람은 단체에서 배제해야 하거나 배척해야 하는 불신자로 간주된다. "내 형제가 되지 않으려 한다면, 난 네 머리통을 두들겨버릴 테다!"가 이때 적용되는 근본 원칙이다.

겉으로 경건해 보이는 사람들이 근본주의적 행위를 기도의 소산물로서 '수확한다면', 그 기도는 이미 경직된 종교성, 외관상의 형식적인 영적훈련이 되어버린다. 어떤 사람이 기도하면서 체험한 극단적인 신앙적 입장을 자기 자신에게만 적용한다면, 그 선을 넘지 않

변속기 속에 끼어 있는 모래

는 한 모두가 별 탈 없이 살 수 있다. 그는 자신의 종교적인 체험과 실천을 동일한 정도로나 또는 무력으로 다른 사람에게 그대로 적용해서는 안 된다. 역사는 우리에게 이런 근본주의적인 생각으로부터 전쟁이 일어난다는 교훈을 가르쳐주었다. 기독교인과 이슬람교도, 카톨릭교도와 개신교도, 이슬람교도와 유태인 사이에 일어난 전쟁들이 그 예다. 자신의 고유한 한계를 넘어 월권을 행사하고, 사상이 다른 자들의 자유를 제한하고, 폭력을 사용하는 것, 그것은 종교적 근본주의에 뿌리를 두고 있는 다양한 형태의 테러다.

곤경에 처했을 때 기도하는 걸 배운다는데

사람들은 말한다. "곤경이 기도하는 걸 가르쳐준다"고. 그 말은 옳다—그러나 그렇게 말하면서 잘못 생각하고 있는 게 있다—세계 곳곳에서 벌어지고 있는 불행과 재난을 생각해 볼 때 두려움과 좌절 때문에 기도하는 일이 빈번하다는 추측은 설득력 있어 보인다. 그리고 TV에 비치는 끔찍한 광경들만 봐도 이해가 되는

검은 양도 기도할 수 있다

일이다.

한 개인의 운명을 바꿔놓는 불행한 일들과 질병도 역시 사람들이 기도하게 되는 계기를 제공한다. 그리고 이럴 때 하는 기도들을 평가절하하는 일이 있어서는 안 된다. 위급한 상황과 재난에 직면했을 때 우리는 자신의 한계에 부딪친다. 어찌할 바를 몰라 당황해하며 해명을 요구하거나 정당화하려는 데 여념이 없다. 이러한 상황에서는 흔히 잘못을 저지른 사람이 누구인지를 파헤치게 된다. 그러나 그렇게 한다 해도 벌어진 불행한 사태는 정당화되지 않는다. 그저 사태의 해명만이 남을 뿐이다.

기도하는 걸 가르쳐주는 것이 곤경이 아니라 우리 자신의 한계에 부딪친 경험이라는 사실을 깨달을 수 있다면, 바로 이 깨달음이 우리에게는 보다 더 유익할 것이다. 한계를 경험한다는 것은 다양한 얼굴을 가진다. 중병, 불의의 사고 또는 사랑하는 사람의 죽음, 이별, 이혼, 절망 그리고 낙담 등이 바로 그러한 얼굴들이다.

위급한 상황이 자기 자신의 목숨이나 다른 사람의

변속기 속에 끼어 있는 모래

죽음과 관련되는 경우에 우리의 마음이 가장 심하게 동요된다. 매우 가슴 아픈 경험과 시간 속에서 사람은 자신의 한계를 체험한다. 자신이 유한하고 제한되어 있으며, 자신이 전능하지 않다는 사실을 의식하게 되는 것이다.

그러나 바로 이러한 한계가 있기 때문에 우리는 인간으로서 이 한계를 뛰어넘을 수 있다는 사실도 깨닫게 된다. 그럼에도 불구하고 사람들은 자신을 만물의 척도로 삼는 교만을 부림으로써 자신의 한계를 무시한다. 이러한 태도는 우리를 목표로 이끌어주지 못한다. 만일 우리의 한계를 넘고자 한다면 나와 모든 다른 사람과 피조물 전체를 손안에 쥐고 있는 하느님 아버지가 그 한계 뒤에 존재한다는 사실을 확신해야 할 것이다. 그럴 때에만 우리의 한계를 뛰어넘을 수 있는 가능성이 열리기 때문이다. 어떠한 불행한 사태와 고통스러운 일이 일어난다 해도 전혀 개의치 않을 수 있다. 위급한 상황이 우리에게 자신의 한계를 깨닫게 해주었을 때, 그리고 우리의 삶이 이 한계를 넘어서 계속된다는 사실을 믿게 되었을 때, 그때 비로소 우리는 진정 살 수

검은 양도 기도할 수 있다

있다.

대부분 사람들은 위기 상황에 빠졌을 때 기도하기 시작한다. 그리고 기도가 즉시 받아들여지지 않을 때 의아해한다. 이런 태도의 이면에는 하느님은 애원에 즉각적으로 반응해서 나쁜 상황을 싹 쓸어가야 한다는 생각이 숨어 있다. 이런 생각을 갖고 기도하는 사람이 실제로 하느님을 대하는 태도는 자신이 사람들을 대할 때 보이는 것과 똑같다. 그는 자신의 능력으로 발휘된 성과(기도)에 대해 즉각적인 반대급부(위급한 상황의 제거)를 원하는 것이다.

그러나 기도는 사람이 자신의 한계를 깨닫고, 왜 자신이 곤경에 빠지게 되었는지를 스스로에게 되묻는 과정이다. 우리는 기도를 하면서 자신이 가고 있는 인생 행로를 반성해 보면서 혹시라도 내가 저질렀을지도 모를 잘못을 깨우칠 수 있다.

원인을 알게 해달라고, 이를 통해 무엇을 배울 수 있는지를 깨닫게 해달라고, 또 이 위기를 어떻게 극복해야 하는지 앞길을 밝혀 보여달라는 그런 기도가 아니라, 단지 고통과 곤경을 치워달라는 간청의 기도만 하

변속기 속에 끼어 있는 모래

는 것은 턱없이 부족하다. 그러므로 우리가 당한 피해를 없애달라고 기도하는 대신에 우리 삶의 이야기를 기도로 만드는 것이 더 의미 있는 일이다. 국도에서 늘 과속으로 차를 몰다가 어느 날 사고를 당해 중상을 입은 사람은 당연히 자신의 건강을 회복시켜달라고 기도할 수 있다. 그러나 그는 무엇보다도 자신의 삶을 스스로 변화시켜야 한다는 것을 분명히 깨달아야 한다. 기도를 하면서 하느님 앞에서 자신을 정직하고, 솔직하며, 에누리 없이 바라볼 수 있을 때 이 사람은 자신의 한계를 의식할 수 있게 된다. 어쩌면 이런 식으로 ‘제동’을 걸지 않았다면 그가 속도를 줄이지 않는 잘못된 생활태도를 멋모르고 계속해서 유지해 나갔을 것이며, 바로 거기에 사고를 당한 의미가 있음을 깨달을 수 있을지도 모른다.

오직 하느님에게 고통을 줄여주기만을 간청하는 사람들에겐, 고통의 진정한 원인을 곰곰이 생각해 보는 수고를 아끼려하거나 앞으로의 삶에서 새로운 전향을 하기 위해 필요한 교훈적인 역추론을 하지 않으려는 마음이 감춰져 있을 때가 많다. 물론 곤경에 빠졌을 때

검은 양도 기도할 수 있다

구원을 바라는 간청의 기도를 할 수 있겠지만, 무엇보다도 자기 자신의 삶을 투명하게 들여다볼 수 있는 눈을 달라는 간청이 우선되어야 할 것이다.

곤경과 질병과 고통은 언제나 기회가 될 수 있다. 다시 말해 자신이 한계를 깨닫고 다시 하느님에게로 오는 길을 찾게 되는 기회가 될 수 있는 것이다.

제 6 장

몸과 움직임의 기도

기도는 내면의 자유를 필요로 한다. 그러므로 우리 안에 생기는 것이라 생각하지만 실제로는 밖으로부터 실려 들어오는 모든 것에 더 이상 영향을 받지 않으려면, 이따금 눈을 감고 밖을 향해 보지 않는 것이 좋을 것이다. 우리 안에서 발원한 게 아니라 그냥 우리에게 짐으로 주어진 것들이 대부분이기 때문이다.

몸과 영혼으로 춤을

다음에 소개하는 아름다운 이야기는 한 무명작가가 쓴
것이다.

"옛날에 어떤 곡예사가 있었다. 그는 춤을 추며 점프
를 하면서 이곳저곳을 떠돌아다니다가 결국에는 불안
정한 떠돌이생활에 지치게 되었다. 그래서 그는 자신
이 가진 모든 것을 내팽개치고는 클레흐보Clairvaux
수도원으로 들어갔다. 그런데 그때까지 그는 점프하고
춤추며 재주를 부리면서 평생을 보냈기에, 수도사의

삶은 낯설었고 기도 한 마디 할 줄도 몰랐으며 찬송가 한 곡도 부를 수 없었다.

그래서 그는 자리를 못 잡고 말없이 여기저기를 기웃거리며 방황하고 있었다. 다른 수도사들이 하나같이 전문가처럼 기도하는 듯한 모습, 경건한 책들을 읽고 있는 모습, 성가대에서 미사곡을 부르고 있는 모습을 보면서 그는 부끄러운 마음으로 그냥 그 자리에 서 있기만 할 따름이었다. 아, 이 모든 것 중에서 오직 그 혼자만이 아무것도 할 줄 몰랐다. '여기서 내가 도대체 뭘 하고 있는 거지?' 그는 혼잣말로 자신에게 말하고 있었다. '나는 기도할 줄도 모르고, 할 수 있는 말도 없어. 나는 여기에서 아무짝에도 쓸모없고, 수도복마저 입을 자격이 없어.'

어느 날 종소리가 성무일과의 기도 시간을 알렸을 때였다. 그는 한적한 곳에 떨어져 있는 작은 예배당으로 도망치듯 달려갔다. '모든 수도사가 모인 곳에서 함께 기도할 수는 없지만, 난 내가 할 수 있는 것을 할 거야.' 그는 그렇게 혼자서 중얼거렸다.

재빨리 수도사 의복을 벗은 그는 이제 곡예사 시절

검은 양도 기도할 수 있다

입고 떠돌아다녔던 화려한 색깔의 작은 스커트 차림으로 섰다. 그리고 본당의 높은 성가대석에서 시편의 노래들이 들려오고 있는 동안 그는 몸과 영혼으로 춤을 추기 시작했다. 앞으로 왔다가 뒤로 가고, 왼쪽으로 돌다가 오른쪽으로 돌고. 물구나무를 서서 예배당을 가로질러 가기도 하고, 허공에서 공중제비를 돌기도 하고, 최고로 대담한 곡예 점프를 하기도 했다. 그것으로 그는 하느님을 찬양했다. 성무일과의 기도가 얼마나 계속되었는지 모른다. 그는 숨이 차고 몸이 말을 듣지 않을 때까지 쉬지 않고 곡예를 했다.

그런데 다른 한 수도사가 그의 뒤를 쫓아와서 창문을 통해 그가 곡예를 하는 모습을 지켜보고는 몰래 수도원장을 데려왔다. 다음 날 수도원장이 그를 불렀다. 이 딱한 사람은 너무 놀라 겁을 먹었는데, 그는 기도시간에 참석하지 않아서 벌을 받게 될 것이라고 생각했던 것이다. 그래서 그는 수도원장 앞에서 무릎을 꿇고 말했다. "원장 신부님, 여기는 제가 머물 곳이 아니라는 것을 저도 알고 있습니다. 그래서 자진해서 나가 다시 불안한 거리의 생활을 참고 견뎌볼 생각입니다." 그

몸과 움직임의 기도

러나 수도원장은 가까이 몸을 숙여 그에게 입을 맞추고는 하느님 앞에서 자신과 다른 모든 수도사의 편을 좀 들어달라는 부탁을 했다. "자네는 춤을 추면서 몸과 영혼으로 하느님을 찬양한 것이네. 그러나 우리는 마음이 아닌 입술에서 나온 잘 꾸며진 말만 한 것이니 하느님이 이런 우리를 용서해 주시기를 바랄 뿐이네."

이 이야기 속의 한 사람이 몸과 영혼으로 기도했다. 몸으로 하는 기도는 불안과 혼란을 일으키기 때문에, 어느 시대든지 오직 마음이 넓은 사람들만이 이런 기도를 이해할 수 있었다. 우리는 잘못 배운 탓으로 우리의 모든 움직임, 몸의 움직임까지도 그것이 헌신적인 기도가 된다는 사실을 깨달을 수 없었다. 말과 경건한 생각만이 기도가 될 수 있는 것은 아니다. 걸음 하나하나, 개개의 움직임, 모든 손짓도 기도가 될 수 있다.

베네딕트 수도회의 창설자인 베네딕트는 자신의 규율집에서 이렇게 말하고 있다. 수도원에 있는 모든 기구와 공구, 우리가 행하는 모든 것과 일상생활에서 사용하는 모든 것이 성스러운 제단의 성구처럼 다뤄져야 한다고. 그가 말하고자 하는 바는 우리의 모든 행위와 움직임, 노동과 꾀하는 모든 일이 기도가 될 수 있다는 것이다. 우리가 모든 것을 진정 몸과 영혼으로 행하고, 몸과 마음이 통째로 그 안에 들어 있고, 사랑과 헌신의 마음으로 그 행위에 모든 애정과 관심을 쏟아넣는다면, 무엇을 하든 그것은 기도가 된다. 따라서 어머니가 아기를 사랑으로 대하는 것이—씻기고, 기저귀를 갈아주고, 젖을 먹이면서—기도가 될 수 있고, 마찬가지로 정원과 부엌에서 하는 모든 일, 컴퓨터 앞에서 하는 일 또한 기도가 될 수 있다. 외적인 요소들은 전혀 문제가 되지 않는다. 어떤 행위가 기도가 될 수 있는지는 우리가 무언가를 할 때, 그 일을 오로지 헌신적으로 하고 있는지에 달려 있는 것이다.

아침체조 방송

예전에 오스트리아 라디오 방송에서는 오랫동안 아주 큰 인기를 끌었던 프로그램이 하나 있었다. 요즘 같았으면 그때 사람들은 그걸 두고 컬트 프로그램이라고

몸과 움직임의 기도

불렀을 것이다. 일제 푸크Ilse Puck라는 진행자와 함께 하는 아침체조 프로그램이 바로 그것이었다. 매일 아침 같은 시간에 상냥하게 권유하는 듯한 목소리가 라디오를 통해 흘러나왔으며 그 목소리는 체조를 따라할 마음마저 생기게 만들었다. 이 방송은 오스트리아에서 가장 인기 있는 프로그램 중 하나라는 말이 있었다. 많은 사람이 그 프로그램을 청취했으며 그들 중 대부분은 실제로 체조도 열심히 따라했었던 것 같다. 이들은 분명 그 프로그램을 통해 자신의 삶에 막대한 이득을 가져왔을 것이다.

그러나 일제 푸크의 상냥한 목소리를 들으며 잠에서 깨기는 하면서도 그냥 침대에 누워만 있었던 사람들도 상당히 많았다. 이런 부류의 한 사람을 나는 알고 있었다. 그가 내게 말했다. "내가 미쳤어, 아침부터 그런 정신 나간 몸 비틀기나 하게? 나한테 최상의 아침운동은 침대에 누워서 생각하는 거지. 이른 아침부터 그런 짓으로 자기를 학대하는 사람들은 정신이 어떻게 된 거야."

나는 이와 비슷하게 생각하는 사람들이 많이 있었을

검은 양도 기도할 수 있다

것이라고 추측한다. 이 방송이 그렇게 인기가 있었던 것은 아마도 사람들이 프로그램을 그냥 청취만 했는지, 아니면 체조를 정말 몸을 움직여 따라했는지 그 누구도 확인해 볼 수 없었기 때문이었을지도 모른다.

이 이야기를 생각하면 내 머릿속에는 자연히 기도에 관한 생각도 떠오른다. TV와 라디오, 다양한 잡지와 책에서는 어떻게 하면 기도를 가장 잘할 수 있는지에 관한 보도, 권유, 지침 사항들을 방송이나 글로 끊임없이 내보낸다. 이런 것들을 보고, 듣고, 읽으면서 어떤 사람들은 여기서 제안한 것들을 그대로 실천해 보기도 할 것이다. 그런가 하면 이러한 지침 사항들을 실제로 지키는 정신 나간 사람들이 있다는 사실을 놓고 깔깔거리며 재미있어 하는 사람들도 또한 어디에나 있다. 침대에 누워서 일제 푸크의 아침체조에 관해 비아냥대며 즐기는 사람들 중에는 어쩌면 심지어 자신도 어떤 식으로든 체조를 하고 있다고 믿는 사람도 있을 것이다. 그러나 그것은 전혀 의미가 없다.

기도를 하는 것도 마찬가지다. 우리는 스스로 연습해야 한다. 삶 속에서 기도가 현실이 되어야 한다면,

스스로 의식적으로 기도의 과정 속에 들어가지 않을 수 없다. 때로는 수고스러울지라도 그것을 피할 수는 없다.

체조운동을 가장 잘 받아들이는 것은 그 효과를 몸에서 직접 느낄 때이다. 기도에서도 결코 다르지 않다. 기도를 계속 반복해서 연습해야 한다. 거리를 두고, 귀 기울여 듣고, 눈여겨보는 것은 별다른 성과를 가져오지 않는다. 매일 아침 라디오에서 들려오는 체조방송을 그저 침대에 누워서 듣기만 할 때처럼 말이다. 아침 체조를 하는 사람은 아마 그 효과를 당장에 느끼지는 못할 수 있다. 첫날부터, 첫주부터, 또는 첫달부터 당장 느끼지 못하리라는 것도 아주 분명하다. 고집스럽게 지속적으로 연습할 때만이 아침체조는 기대하던 효과를 보게 될 것이다.

기도도 이와 비슷하다. 끊임없이 반복해서 연습하고, 자기가 바라는 성과가 오늘, 이번 주 또는 이번 달에 당장 나타나지 않는다 해도 포기하지 않는 것이 필수다. 경련을 풀어주고, 경화된 조직을 다시 유연하게 만들고, 오래된 상처를 낫게 하기 위해서 우리의 몸과 영혼은 오랜 시간을 필요로 한다.

내가 사람들에게 기도에 관해서 이야기를 할 때 그들의 얼굴을 들여다보면서 가끔 일제 푸크의 아침체조 방송을 떠올린다. 그러고 나서 나 자신에게 물어본다. 내가 들려준 이야기를 듣거나 또는 이 책을 읽는 사람들 중 과연 얼마나 많은 사람이 실제로 꾸준히 기도연습 계획표를 실천하고 있을지를.

가속과 감속

경영 매니저들을 위한 어느 세미나에서 나는 시간, 시간절약 그리고 효과적인 일과 구성이 자신의 생활에 주는 영향이라는 세 가지 주제에 관해서 생각해 보려고 한 적이 있었다. 나는 참석한 사람들에게 나와 함께 연습을 하나 해보자는 제안을 했다. 그들에게 일정한 거리를 보통 걸음걸이로 걸어가다가 15분 후에 멈출 것을 요청했다. 또 이렇게 걸음을 멈춘 다음 이번에는 같은 거리를 걷는 데 4배의 시간을 사용할 것을, 그러니까 동일한 거리를 한 시간 동안 걸어볼 것을 부탁했다.

몸과 움직임의 기도

사람들은 처음에는 어이가 없다는 표정으로 쳐다보았고, 나는 이 제안이 구미가 당기는 것이 되게 하려고 애를 썼다. 그들은 마침내 내 제안을 받아들이고 연습을 시작했다. 내 제안대로 그들은 먼저 15분의 시간을 가지고 그 길을 걸었다. 그런 다음 휴식시간이 주어졌고 다시 4배의 시간, 즉 한 시간 동안 동일한 거리를 걸었다.

연습을 마쳤을 때 그들은 자기들의 시각이 많이 변했다는 것을 알고 매우 놀라워했다. 즉 그들은 시간을 많이 내면 낼수록 자신의 주변환경과 사람들, 물건들, 식물과 꽃들 그리고 자기 자신에 대해 더 많은 것을 볼 수 있었던 것이다. 처음 걸을 때는 자신과 주변의 것들에 신경을 쓸 수 없었기 때문에 헛수고를 한 것이나 다름없다는 사실을 알게 되었다. '감속'을 통해서 비로소 시간과 공간을 선물로 받게 된 셈이었다. 그들이 가는 길과 인생에 깊이가 생긴 것이었다. 그리고 마음의 편안함이 커졌다.

압박감을 받으며 아주 빠른 걸음으로 길을 가거나 어떤 일을 수행해야 했을 때 나는 자주 이 연습을 떠올

검은 양도 기도할 수 있다

리곤 했다. 그리고 나는 지금도 모든 걸 언제나 빨리 해
내야 한다는 강압적인 상황으로 나 자신을 몰아넣지
않을 때 더 많은 삶을 얻는다고 생각한다.

가속은 자신과 다른 사람들에게 생명의 위협을 가져
다준다. 꼭 운전할 때만 그런 것이 아니다. 감속은 우
리에게 생명을 되돌려준다. 길을 갈 때 천천히 그리고
의식하면서 걷는 것이 힘들 때가 자주 있다. 왜냐하면
사람들은 그런 내 모습을 보고 정신이 나갔다고 생각
할 수 있기 때문이다. 그러나 속도를 늦추는 것은 나에
게서 삶을 앗아가는 것이 아니라 오히려 그것을 선물
로 준다.

기도에서도 가속은 유익한 게 못 된다. 당신은 자신
의 삶이 빠르게 진행될수록 자기 주위에서 더 빠르게
진행되는 과정들에 신경을 곤두세워야 할 것이다. 빠
른 기계로 작업하는 사람이 느린 기계로 작업하는 사
람보다 훨씬 더 주의를 집중해야 한다.

많은 사람이 가속의 감방에 갇혀 있다. 그들의 삶에
서 빠른 템포는 언제나 모든 신경을 집중할 것을 요구
한다. 그렇게 되면 그 밖의 다른 것에 대한 여지는 더

몸과 움직임의 기도

이상 남지 않는다. 생각을 하거나 뭔가를 느낄 여지조차도 없게 된다. 이것은 감속을 통해서만 제거될 수 있는 위험이다.

입법자들조차도 빠른 주행속도에서 운전 이외의 다른 일을 하는 것을—예컨대 운전 중에 전화하는 것을—금지하는 경우가 자주 있다. 수도사들의 경우에도 종종 속도를 내려는 경향을 찾아볼 수 있다. 서둘러 기도를 기계적으로 암송하는 경우가 있는데, 그렇게 많은 말을 하면 오히려 기도의 힘은 약해지고 만다.

지속적으로 시속 180킬로미터를 유지하며 살아가고 있는 사람들에게는 다른 것들을 할 수 있는 여지가 남아 있지 않다. 기도를 할 때 하느님과의 의사소통을 할 수 있는 여유도 없어진다. 가속은 기도를 위한 필수적 전제 조건인 평온과 고요에 정반대가 된다. 속도를 늦추면 다른 사람들에게로 갈 수 있는, 그리고 기도로 통하는 문이 열린다.

검은 양도 기도할 수 있다

눈을 가리고 그림을 그려본다면

오래 전부터 알고 지내던 부인이 있었는데, 그녀는 얼마 전부터 영적인 길을 걷고 있다. 물론 그녀는 이 길을 그렇게 부르지는 않을 게 분명하지만, 내가 볼 때는 하느님을 찾는 길을 걷고 있다. 그리고 나는 그 길을 가는 데 그녀와 동행하는 것을 허락 받았다.

이 부인은 마음속 깊은 곳에 있는 자기 자신의 모습과 갈망, 감정 속으로 들어가려고 할 때마다 늘 어려움을 겪는다. 그냥 자신의 내면 안으로 귀를 갖다대고 그 안에 있는 것을 듣고 표현하는 것이 그녀에게는 마냥 힘들기만 한 것이다.

이것을 배우기 위해 그녀는 그림을 그리기로 결심했다. 그래서 그녀는 친구와 함께 미술교사를 찾아갔다. 그림을 배우면서 처음에는 매번 자신감을 잃고 마는 경험을 되풀이했다. 자기의 그림들을 친구의 것들과 비교했을 때, 그녀는 자기 그림 속에 아무것도 표현되어 있지 않다는 느낌을 받았다. 자기가 선택한 색깔들은 친구의 것들과 비교할 때 칙칙하기만 했다. 그녀는 자기 마음속에서 움직인 것을 도무지 표현해 낼 수 없었던 것이다. 그림을 그리기 전에 그녀는 언제나 자기 그림이 결국 어떤 모습으로 완성되어야 할지를 세심히 궁리했다.

어느 날 그녀가 그런 고민을 얘기하자 선생이 제안을 하나 했다. "한번 눈을 가려보세요." 그런 다음 선생은 학생을 위해 석 장의 종이를 책상 위에 깔아주고는 그 옆에다 크레파스가 담긴 커다란 상자를 가져다주었다. 이제 이 부인에게 '장님이라고 생각하고' 눈을 가린 채 단지 음악에 따라서만 그림을 그려보라고 권했다. 이 학생에게는 실제로 크레파스의 색깔도 종이도 보이지 않았다. 그녀에게는 그저 음악만 들릴 뿐이었다.

눈가리개를 풀었을 때 그녀는 깜짝 놀랐다. 그림들이 아주 성공적이었던 것이다. 그러고 나서 단지 여기저기 보이는 몇 가지 사소한 부분만을 손보고 나서 그녀는 이 그림들을 남편에게 선물했다. 남편이 이 작품들을 자신의 사무실에 걸어놓는 걸 보며 그녀는 이루 말할 수 없이 기뻐했다. 그리고 이 사무실에 찾아왔던 많은 사람은 그에게 멋진 그림들이라며 그림을 화제로 삼았다.

검은 양도 기도할 수 있다

이 부인이 그림을 통해서 얻은 체험은 기도를 할 수 없다고 생각하는 사람들에게도 또한 중요하다. 만약 당신이 이러한 처지에 놓여 있을 때, 당신이 지닌 '맹점들'에 주의를 둘 수 있게 도와주는 선생이 있다면 그보다 더 좋을 순 없을 것이다. 이성적인 이해력이나 의식으로 가득 찬 지각력으로부터 자신을 풀어낼 수 없을 때 기도한다면, 이 맹점들은 언제나 나타나게 된다. 그리고 때로 기도 자체에 염증을 느끼게 된다. 그렇지 않다면 기도의 삶이 당신 안에서 계속 성장해 가길 아예 포기한 것이다. 왜냐하면 어린아이의 단계에서 멈춰 서버렸으면서도 더 이상 어린아이이기를 원하지 않기 때문이다.

이 이야기는 아주 좋은 길을 제시해 준다.

기도를 하기를 원하는가? 어쩌면 두 눈을 감거나 눈가리개로 가려야 하는지도 모른다. 이런 방식을 통해 의식적으로 자신을 더 이상 외부가 아닌 내면으로 향하게 한다. 그러는 과정에서 내면의 순발력에 의지해 당신이 옳은 색깔을 선택하게 되리라는 걸 확신한다. 그리고 당신이 하는 것이 뭔가 좋은 것이 되리라고 믿는다.

그러나 이러한 경험을 하기 위해 무엇보다도 중요한 것은 들을 수 있어야 한다는 점이다. 이 이야기에서 그녀는 음악에 귀를 기울이는 걸 배웠다. 자신을 음악에 따라 움직이게 했다. 그리고 들은 것을 꼭 눈으로 볼 필요 없이 표현해 낸 것이다. 행복에 겨워하며 그녀가 얘기했었다. 그때 그림을 그리면서 보통 때는 한 번도 사용하지 않았던 색깔까지도 사용했었노라고. 그때까지 그녀는 좋아하는 특정한 색깔들이 있었고, 그외의 다른 색깔로는 그림을 그린 적이 없었던 것이다. 어떤 색깔의 크레파스를 손에 쥐었는지 볼 수 없었기 때문에, 갑자기 그녀는 언제나 낯설게만 느껴졌던 색깔도 사용하게 되었다.

기도할 때도 이와 비슷하다.

우리는 아주 특정한 방식으로만 기도할 수 있다고 생각한다. 특정한 말을 사용해야 하고 다른 말은 입에 담아서는 안 된다고. 우리에게는 선호하는 것이 있고, 우리는 익숙한 패턴으로 생각한다. 방금 전의 부인이 오직 '자신의' 색깔만을 사용했듯이 우리 또한 동일한

검은 양도 기도할 수 있다

사고 패턴을 가진 채 동일한 말을 하면서 살고 있다. 이러한 생활은 스스로를 옥죄는 결과를 초래한다. 기도는 내면의 자유를 필요로 한다. 그러므로 우리 안에 생기는 것이라 생각하지만 실제로는 밖으로부터 실려 들어오는 모든 것에 더 이상 영향을 받지 않으려면, 이따금 눈을 감고 밖을 향해 보지 않는 것이 좋을 것이다. 우리 안에서 발원한 게 아니라 그냥 우리에게 짐으로 주어진 것들이 대부분이기 때문이다.

그 부인이 음악을 들은 것처럼 귀를 기울여 주의 깊게 들을 수 있게 된다면, 우리의 마음도 움직일 수 있게 될 것이다. 이러한 움직임으로부터 무엇인가를 만들어 내는 능력이 개발된다. 이때 모든 것을 눈으로 보고, 머리로 이해하면서 동시에 그 모든 것을 형상화해 내려고 하지 말고 듣고 있는 것에 그냥 자신을 내맡기는 것이 좋을 것이다.

이스라엘 사람들에게는 최초의 기도이자 가장 중요한 기도가 "들어라, 이스라엘아"로 시작한다. 그리고 성 베네딕트의 규율에서 처음 나오는 말도 "들어라"이다. 듣는 데서 뭔가를 형상화해 낼 수 있는 커다란 능력

몸과 움직임의 기도

이 생겨난다.

우리가 듣기연구의 결과를 통해 알고 있는 사실이 있다. 태아가 어머니의 뱃속에서 소리를 지각한다는 것이다. 아기가 생명의 소리, 따뜻한 마음의 소리, 감사의 소리를 들을 때 아기의 몸은 조화롭게 성장한다. 아기가 상처를 주거나 장애를 가져다주는 소리를 들을 때는 아기의 성장도 방해를 받거나 장애에 부딪치게 된다.

내 '오랜' 친구는 자신이 경험한 것을 내게 얘기해주며 기뻐 어쩔 줄 몰라했다. 그녀는 내면의 목소리와 자신의 마음에 귀를 기울일 수 있게 되었다는 사실, 색깔도 종이도 형태도 볼 수 없었음에도 불구하고 자신이 느낀 것을 그림으로 바꿔놓을 수 있었다는 사실에 기뻐했다. 그림을 그릴 때 그녀는 자기 내면의 목소리에 의지했다. 기도를 할 때도 이와 똑같이 내면의 소리에 기댈 수가 있다. 기도하는 방식은 이러한 신뢰로부터 그때그때 저절로 생겨난다. 내가 이를 확신하는 근거는 마음이 선한 하느님이 다양한 방식으로 사람들에게 말을 한다는 사실 때문이다. 우리는 그저 주의 깊게

검은 양도 기도할 수 있다

듣기만 하면 된다. 그리고 들은 것을 표현하기만 하면 된다. 생산적이거나 아름다운 어떤 것이 만들어질 것 인가는 덜 중요하다. 훨씬 더 중요한 것은 자신을 듣기의 과정에 내맡겨서 그 들은 것을 삶 속에서 실현하느냐 하는 점이다.

영혼은 천천히 여행한다네

믿음 좋은 한 이슬람교도가 비행기를 타고 메카로 향하는 순례여행을 했다고 한다. 그런데 그곳에서 그는 기도하기 위해 곧장 모쉐(이슬람사원) 안으로 들어가지 않고 며칠 동안 사원 앞에서 머물렀다. 도대체 왜 성전 안으로 들어가지 않느냐고 친구들이 물었다. 그가 대답했다. "나는 기다리고 있는 걸세. 영혼은 천천히 여행한다네."

우리는 급히 어디론가 가는 데 익숙해져 있다. 비행기, 자동차, 기차는 우리의 몸을 신속하게 한 곳에서 다른 곳으로 옮겨준다. 그러나 뒤따라오려면 영혼에게는 시간이 필요하다. 우리 스스로 지각하지 못하는 경

우가 많기는 하지만 순례하는 저 이슬람교도가 처한
삶의 상황은 우리 모두가 익히 알고 있다. 왜냐하면 우
리는 대부분 생각과 감정이 육체와는 아주 멀리 떨어
져 있는, 찢어질 대로 찢어진 사람들이기 때문이다. 몸
과 영혼이 분리되고, 몸이 찢어진 상태에서 기도하는
건 어렵다. 영혼이 몸에 있지 않고 어딘가 다른 곳에 머
물고 있다면, 이 둘이 함께 만나기는 힘들다. 우리는
빠르게 살아야 한다고 생각하지만 영혼은 천천히 여행
한다.

이것은 우리의 몸에도 적용된다. 우리가 어디론가
가고 있을 때 그 속도는 우리 몸에게도 너무 빠르다. 그
때문에 우리는 자주 '기내에서 시차로 인해 느끼는 피
로' 상태에 빠지게 되고, 몸과 영혼으로 기도하는 게
거의 불가능해진다. 기도의 대스승인 성 베네딕트는
말한다. 기도할 때 마음과 입이 서로 하나가 되어야 한
다고. 그렇게 할 수 없을 때, 우리의 마음은 기도와 그
동기가 되는 것에 거의 움직여지지 않게 된다.

기도할 때 몸과 영혼이 하나되게 하려면 계속 반복
해서 중간중간 잠깐 동안이라도 정적의 시간을 갖는

검은 양도 기도할 수 있다

것이 좋다. 이는 하느님에게 귀 기울이기 위해서일 뿐만 아니라 우리 자신도 지각할 수 있기 위함이다. 몸과 마음이 분리되어 있다면 또 우리의 느낌들이 몸과 멀리 떨어져 있다면, 그때 우리는 많은 생각과 말과 이미지에게 우리 자신을 넘겨주면 된다. 우리가 체험하고 예감하기를 원하는 마음의 몰입은 우리 자신 안에서 잠잠해질 때에만 가능하다. 이러한 잠잠함과 정적, 고요는 기도할 때 우리의 마음과 입술, 생각과 몸과 마음을 선물을 주려는 하느님에게로 향하게 한다.

죄렌 키르커가르트Soeren Kierkegaard는 이런 말을 했다.

"기도가 점점 더 몰입해 들어가고 더욱 내밀해질수록 내겐 할 말이 없어지게 되었다. 마침내 나는 완전히 침묵하게 되었다. 나 스스로가 말하는 것과는 더 크게 대조되는 그 무엇, 즉 듣는 자가 되었다. 오랫동안 나는 기도하는 것은 말하는 것이라고 생각했다. 그런데 그후 나는 기도하는 것이 단순히 침묵하는 것이 아니라 듣는 것이라는 걸 배웠다. 이제 나는 알고 있다. 기도는 자기가 하는 말을 듣는 게 아니라, 잠잠해져서 하

몸과 움직임의 기도

느님이 하는 말을 들을 때까지 기다리는 것이라는 걸.”

우리의 몸과 영혼이 서로 하나가 될 때, 우리는 가장 잘 들을 수 있다.

큰 변화는 아주 작게 시작된다

젊은 수도사였을 때 내게는 원대한 계획들이 있었다. 정말 훌륭한 영적인 삶을 꾸려나가고 싶었고 영적인 스승이 되기를 원했다. 나는 있는 모든 힘을 다해 변화해서 완전히 새로운 삶을 시작하려고 애썼다. 그런 가운데 나는 쓰라린 경험을 했다. 좋은 계획들을 품고는 있었지만 그것들을 거의 끝까지 지켜내지 못했거나, 지켰다 하더라도 아주 어렵게밖에는 지켜낼 수 없었기 때문이다. 그러다가 나는 내 삶에서 정말로 변화된 게 있다고 믿으려고 하는 것조차도 그만둘 지경에까지 이르렀다. 금연 같은 아주 사소한 변화들조차도 성공한 적이 없었다. 언제나 하느님을 생각하며 그에게 귀를 기울이고자 했던 게 성공하지 못한 것은 말할 나위도 없다. 내가 노력을 했음에도 불구하고 아주 빨리 실패

검은 양도 기도할 수 있다

하는 사람들 중의 하나라는 것을 알게 되었다.

나는 고민과 절망에 빠진 상태에서 내게 영적인 스승이 되는 분을 찾아갔다. 그분에게 나의 괴로움과 체념을 하소연하면서, 더 계속해서 싸우고 싶은 마음이 없다는 뜻을 털어놓았다. 그는 대단한 인내심으로 나의 하소연과 절망의 말을 끝까지 귀 기울여 들어주었다. 그런 다음 그는 자리에서 일어나 방 안의 서랍장 위에 놓여 있던 지구본 쪽으로 나를 데려갔다. 그러더니 손가락으로 함부르크가 있는 지점을 가리켰다.

"만약 자네가 함부르크에서 배에 올라타 똑바로 서쪽으로 간다면 무슨 일이 일어나겠는가?" 나는 지구본 위에서 찾아본 다음 그에게 대답했다. "그럼 아마도 얼마 뒤에 필라델피아나 뉴욕에 도착하게 되겠지요."

"아주 훌륭하네." 그가 말했다. "그럼 이제 항로를 몇 도만 남서쪽으로 변경한다고 하세. 그러면 자넨 어디에 도착하겠는가?" 나는 다시 찾아보고는 말했다. "아마도 중미나 남미에 도착하겠지요."

"자네의 영적인 삶과 기도생활, 그리고 자네가 하느님을 찾는 일을 위해서 이것으로부터 뭘 배울 수 있겠

몸과 움직임의 기도

나?” 나는 이해할 수 없다는 표정으로 그를 바라보았다. 이 비유로부터 내 삶을 위해 무엇을 배울 수 있다는 말일까?

“자네가 만약 충분히 오랫동안 한 길을 계속 유지해 간다면,” 그는 이렇게 말을 꺼내며 내게 설명해 주었다. “그렇다면 자네가 선택한 목적지에 이르게 되네. 그렇지만 함부르크에서 항로를 단 몇 도만이라도 변경하게 된다면, 자넨 전혀 다른 목적지에 도달하게 되는 것이네. 영적인 삶, 변화하려고 하는 의지, 그리고 우리가 어느 정도 제대로 된 삶을 살려고 노력하는 것도 이와 다를 바가 없네. 즉시 선회해야 할 필요는 전혀 없네. 대개의 경우 우리는 어차피 그렇게 하려고 해도 할 수가 없으니까 말야. 왜 그런지 알겠나? 그건 우리가 지나치게 열광적이거나, 아니면 너무 겁이 많기 때문이지. 그리고 동일한 지점에서 자꾸 되풀이해서 선회하게 된다면, 우리는 단지 우리 주위만을 빙글빙글 돌게 되네. 그러나 만약 특정한 방향으로 가면서 이 방향을 약간만 변경한다면, 그때 우리는 전혀 다른 목적지에 도착하게 되는 것이네. 이것이 바로 전향의 비밀

검은 양도 기도할 수 있다

이네."

나는 오랫동안 그것이 뜻하는 바가 무엇인지 이해하지 못했다. 그러나 시간이 흐르고 많은 경험을 하면서 그가 옳다는 것을 알았다.

나는 원대한 계획들을 품고서 좋은 의도로 삶을 끊임없이 힘들게 만드는 사람들을 많이 알고 있다. 그들은 대단한 변화에 관해서 말한다. 그리고 그들은 그것을 원하기도 한다. 하지만 너무나 극단적인 방법으로 이러한 변화들에 도달하려고 한다. 그러나 이러한 스스로 끊임없이 변화하기를 원함과 언제나 같은 자리에 머물러 있는 상태에서는 앞으로 나아갈 수 없고, 단지 자기 주위를 맴돌 뿐이다.

어떤 사람은 담배를 끊고자 하고, 어떤 사람은 술을 마시지 않겠다고 매일같이 두 번씩 다짐을 하고, 또 어떤 사람은 며칠 내로 다시 일상의 잡동사니가 산더미처럼 쌓이게 될 책상을 6개월마다 한 번씩 필사적으로 정리한다. 이러한 변화들은 첫눈에 봐서는 의미 있는 것처럼 보이고, 아무것도 하지 않는 것보다는 나을지는 모르겠지만 결국에는 별 의미가 없다. 이러한 변화

몸과 움직임의 기도

들은 커다란 좌절을 가져온다. 왜냐하면 언제나 되풀이해서 같은 지점에 서 있고, 거기에서 또다시 시작해야 한다는 것을 확인하게 되기 때문이다.

이보다 더 간단한 것은 가고자 하는 방향을 몇 도 변경해서 힘차게 전진하는 것이다. 만약 이 길을 일관되게 지켜나간다면 자기가 선택한 목표와 인생 전체가 변화될 것이다.

기도에 있어서도 마찬가지다. 예컨대 매일매일 일정한 기도과제 하나씩을 끝낸다는 식의 큰 계획들은 별로 도움이 되지 못한다. 왜냐하면 자기 자신과 일상이 부딪쳐 좌초하게 될 것이기 때문이다. 보다 중요한 것은 그 길을 가는 도중에 겉으로 봐서는 처음에 거의 식별할 수 없을 정도로 작은 진로 수정을 하는 것이다. 작은 수정들일지라도 그것들은 우리의 길에 다른 방향과 다른 목표를 제공한다.

지금까지 한 번도 기도를 해본 적이 없다가 수도사의 성무일과의 시도(時禱) 전체를 다 해볼 요량으로 갑자기 기도를 시작하는 사람은 아마도 끝까지 해내기 힘들 것이다. 그저 아침에, 정오에, 저녁에 한 번씩 좋

검은 양도 기도할 수 있다

은 생각을 하거나, 아니면 짧고 간단한 기도를 해보는 것이 더 의미 있는 일일 것이다. 만약 기도라는 걸 아예 모르거나 또는 '하느님'이라는 낱말이 그 사이 낯설어져버렸기 때문에 이조차도 할 수 없다면, 단 하나의 좋은 생각만을 붙들고 있으면서, 그 생각을 일관되게 확신을 가지고 오랫동안 지속해가는 것이다.

영적인 삶을 그 어떤 특별한 것이라고 생각했기 때문에 자신이 그런 삶을 살고 있다는 사실을 까마득히 잊고 살아가던 사람들을 만난 적이 있다. 그런데 그들이야말로 자기 내면의 나침반을 일관되게 되풀이해서 하느님과 선한 것과 영적인 삶에 맞춰놓았던 사람들이었다.

기도와 영적인 삶은 우리가 능력을 발휘해서 하느님에게 내보이는 성과도 아니며, 하느님이 우리를 골탕먹이려고 하는 짓궂은 속임수도 아닌 것이다.

기도와 영적인 삶은 우리가 삶의 충만함을 경험할 수 있도록 도와주게 되어 있다. 대단한 행위나 또는 종종 지옥으로 가는 길을 포장하는 데 사용될 뿐인 좋은 계획들보다는 하느님에게로 가면서 선택하는 작은 진

몸과 움직임의 기도

로 변경이 더 의미가 있다는 것은 아주 확실하다.

우리가 방향을 잡아갈 목표에 어떤 이름을 붙이든 그런 것은 중요하지 않다. 그것은 '하느님'이 될 수도 있고, '선한 것'이 될 수도 있고 또 '삶의 충만함'이 될 수도 있다. 그것을 무엇이라고 명명하든 간에 거기로 가는 길에서 우리는 하느님을 체험하고 구원을 얻게 될 것이다.

은행 매니저들의 기도 체험

어느 큰 은행의 매니저들은 서로 좋지 않는 관계였다. 그들은 거의 말 한 마디 나누지 않았고, 서로를 불신했다. 이것으로 전체 근무 환경은 물론, 고객에게 불이익이 초래되는 바람에 결국 은행장이 개입하게 되었다. 이 문제를 해결하기 위해서 그는 내게 매니저들에게 세미나를 해줄 것을 요청했다. 세미나를 위해 사흘의 시간이 주어졌다.

이미 첫날부터 그들이 서로 어울릴 수 없다는 사실이 드러났다. 그 근원은 무엇보다도 각 개인에게 있었

검은 양도 기도할 수 있다

다. 이들은 자기 자신도 제대로 추스르지 못하고 있었기 때문이다.

그날 일정이 끝나갈 무렵 나는 세미나 참석자들에게 우리가 '고전적인' 도구로는, 다시 말해 정신역학적이고 집단치료학적인 수단으로는 전혀 소득을 얻을 수 없겠다고 말했다. 그래서 나는 자기와의 관계는 물론 다른 이들과의 관계를 어떻게 하면 잘 맺을 수 있을지 스스로 깨닫게 해줄 몇 가지 훈련을 함께 해봐야겠다고 말했다.

내가 제안한 훈련들 중에서 자기의 신체를 의식적으로 지각해 보는 훈련이 적중했다. 서로 사이가 나빠 있던 참가자들은 원을 만들어 맨발로 선 채 그 자세에서 자기 자신의 모습을 지각하는 것이었다. 자신이 어떻게 서 있는지, 경직되어 있지는 않은지, 긴장을 푼 상태로 올 수 있는지를 지각하는 것이었다. 그런 다음 그들에게 한 가지 동작을 해볼 것을 요청했다. 즉 몸 옆으로 늘어져 있는 두 팔을 위로 올리기 위해서 천천히 팔꿈치를 굽히고, 두 손이 서로의 촉감과 온기를 느낄 수 있도록 포개질 때까지 펼쳐진 두 손바닥을 각기 다른 손바닥을 향해 다가가게 해보라고 했다. 이 훈련은 세 차례 진행되었다. 세 번째 시도할 때 한 사람이 갑자기 소리쳤다. "난 더 이상 이 훈련을 같이 하지 않겠습니다. 당신은 여기에서 우리를 조종하려고 하고 있어요!"

이 훈련을 마친 후 우리는 자리에 앉았고, 나는 소리친 그 남자에게 그가 왜 그런 생각을 하게 되었는지를 설명해 달라고 부탁했다. 그의 말은, 내가 사제이자 수도사로서 참가자들에게 종교적인 영향을 주려고 한다는 것이었다. "그 훈련을 하면서 제 자신과는 더 이상 연관짓고 싶지 않은 어릴 적 기도들이 떠올랐습니다." 그의 말이었다.

종교에서 흔히 볼 수 있는 기도 자세인 두 손을 맞대는 행위가 이 남자에겐 이전에 받았던 종교적 상처를 의식하게 했던 것이다.

이를 계기로 그룹 내 참가자 전체가 각기 자신이 겪었던 종교적 경험들에 관해 긴 토론을 하게 되었다. 어린 시절 어떻게 기도하는 법을 배웠는지, 그러면서 어떤 어려운 문제들이 있었는지. 그리고 대부분은 그동안 종교와는 담을 쌓고 살아왔다고 말했다.

검은 양도 기도할 수 있다

이 은행원들은 자신의 종교적이고 영적인 상황에 관해서 서로의 생각을 심도 있게 교환했다. 그들이 보여준 모습은 이 그룹에서 그러리라고는 기대할 수 없었던 열린 자세였다. 그 훈련은 결국 참가자들이 자기 자신과 접촉할 수 있게 한 것이 분명했다. 그리고 그들이 각자 자기의 경험을 말함으로써 스스로 다른 사람들과의 관계 속으로 들어오게 된 것이다. 이로써 꽁꽁 얼어붙었던 얼음이 깨졌다.

이 예는 한 가지 특정 자세만으로도 기도로 향하는 육체적 움직임이 될 수 있다는 것을 보여준다. 단지 생각이나 뱉어내는 말만이 기도의 전부가 아니다. 마음이나 목소리, 생각으로 기도를 할 수 있듯이 몸으로도 기도를 할 수 있다. 그러기 위해서 꼭 두 손을 모을 필요는 없다. 걸어가면서, 서 있으면서, 무릎을 꿇은 채로, 앉아서 그리고 누워서도 기도를 할 수 있다. 기도를 할 때 어떤 자세를 취하는가 하는 것은 늘 자기 자신과 다른 사람들과 하느님과 관계를 맺는 능력을 키워가는 훈련이다. 세미나에 참가했던 사람들에게도 마

몸과 움직임의 기도

찬가지였다. 그들은 이전에는 서로 관계를 맺을 능력이 없었다. 그리고 과거에 했던, 기도를 상기시켜준 자세가 그들의 얼어붙은 관계부재의 상태를 녹아내리게 만들었다.

이어진 참가자들 사이의 대화를 통해서 분명하게 드러난 사실은 이들이 하느님과 맺었던 관계, 사람들과 맺었던 관계를 아주 어릴 때부터 서서히 잃어버리면서 외로워졌다는 것이다. 그들 모두는 기도할 때의 자세 하나만으로도 다시 관계 형성 능력을 회복하게 된 소중한 경험에 더없이 흡족해했다.

이슬람교도가 일일기도를 하면서 바닥에 온몸을 납작 엎드리는 행위와 티베트 사람들이 쉬지 않고 기도통을 돌리는 행위는 그저 외형적인 신체 훈련인 것처럼 보인다. 그러나 실제로는 영적인 관계들을 가능하게 해주는 자세들이다. 따라서 마음을 열고 신체를 이용해서 의식적으로 하나의 기도 자세를 취하는 사람이면 누구나 기도에 이를 수 있다. 설령 그가 지금까지 그 어떤 종교적인 것과 담을 쌓고 살았다 할지라도.

188

판결은 재판을 끝낸다.

심오한 삶의 지혜를 담고 있는 명제가 있다. "판결은 재판을 끝낸다"는 명제가 바로 그것이다. 지극히 자명한 이 말은 그 의미에 관해서 다시 한 번 숙고해 볼 가치조차 없을 정도로 너무나 진부한 얘기를 하고 있는 것처럼 보인다.

어떤 소송 절차에서든 판결이 나면 재판 과정은 종료된다. 종국에는 누가 유죄이고 누가 무죄인지 모두가 알게 된다. 판결문을 읽고 항고절차가 종결되면 재판은 끝난다.

일상생활에서도 마찬가지다. 나쁜 것이든 좋은 것이든 함께 경험을 나눴던 어떤 사람과 우연히 만나게 된다고 생각해 보자. 당신은 무의식적으로 판단을 내린다. 그 사람은 맘에 들고 저 사람은 맘에 안 든다, 여기 있는 사람은 나쁜 사람이고 저기 저 사람은 좋은 사람이라고. 당신은 판단이 자신을 앞으로 나아가게 한다고 생각한다. 그러나 그것은 삶의 과정에서 걸림돌이 된다. 판단이란 것은 당신이 달리 생각하고, 되돌아가고, 새롭게 될 수 있는 가능성들을 자신에게서 잘라내

몸과 움직임의 기도

버린다. 일단 내려진 판단은 살면서 성장하고 발전할 수 있는 기회를 다른 사람에게서 앗아간다. 뿐만 아니라 자신 역시 다른 사람과 함께 성숙한 관계를 발전시켜나가거나 어떤 일에서 더 큰 성과를 거둘 수 있는 가능성을 자신에게 주지 않는 결과를 초래한다. 성장하면서 끊임없이 단정적 판단들로 낙인찍힌 아이들은 몸과 마음에 장애가 생긴다. 그리고 동일한 판단과 선판단을 끊임없이 되풀하는 성인들 역시 위축되고, 체념하게 되며, 용기를 잃어버린다.

살면서 늘 되풀이해서 판단을 내릴 수밖에 없다는 사실은 누구나 경험을 통해 알고 있다. 그러나 판단이 과정이란 것을—삶의 과정과 발달 과정과 가능한 변화의 과정까지도—종결시킨다는 사실을 깊이 염두에 두는 사람은 드물다.

그렇기 때문에 대부분의 경우 오히려 판단을 하지 않는 것이 더 현명한 일이다. 이것이 하느님이 우리를 대할 때 보여주는 자세이기도 하며, 우리에게도 이러한 자세가 필요하다. 그는 꺾어진 갈대를 부러뜨리지 않으며, 희미하게 깜빡거리는 심지의 불을 꺼버리지

검은 양도 기도할 수 있다

않는다.

사람은 개개인들과 그들의 행동과 의도를 분류해서 여러 서랍 속에 넣어두는 경향이 있다. 우리는 이러한 판단과 평가들을 필요로 하고, 그것들이 없을 때 위협을 느낀다. 모든 것이 제 서랍 속에 있을 때 비로소 불안은 사라진다. 누구나 그러한 판단이나 선판단에는 어떤 것들이 있는지 알고 있다. "외국인은 위험하다", "외국에서 이주해 온 사람들은 내국인들의 일자리를 빼앗아간다", "공무원은 게으르다" 등등. 그리고 서랍을 이용해서 자신의 삶을 더 잘 다스릴 수 있다고 사람들은 믿고 있다. 하지만 사실은 그 반대다. 그것은 오히려 삶에 방해가 된다.

물론 재판을 종료하는 판결은 합법적인 것이다. 그러나 자기의 삶과 자기 주변 사람들을 끊임없이 판단하는 사람은 장기적으로 볼 때 자신과 다른 사람들이 지닌 모든 발전 가능성을 죽여 없애버리는 결과를 가져온다.

인간이 자신의 한계를 뛰어넘어 하느님과 다른 사람들에게 마음을 열고 다가가는 과정을 거칠 때 기도는 가능하다. 판단은 그 어떤 발전과 변화도 더 이상 허락하지 않기 때문에 이렇듯 마음의 문을 여는 것조차도 하지 못하게 막는다. 기도를 가능하게 해주는 과정은 지금 각각의 서랍 안에 폐쇄된 상태로 갇혀 있다. 그래서 사람이 하느님에게로 갈 수 있는 문을 봉쇄하는 이 서랍들을 없애지 않는다면, 기도는 알맹이 없는 빈말이 되고 만다.

물론 자기 자신에 대해서도 부정적인 판단을 내릴 수 있다. 이러한 판단 역시 또 다른 발전에 거역하는 것이다. 어떤 사람이 혼자 살기로 결심한다면 그는 다른 남자 또는 여자와의 깊은 관계를 맺을 수 있는 앞으로의 모든 가능성을 자신에게서 앗아가는 것이다. 그리고 그는 관계 속에서 나올 수 있는 아픔이든 기쁨이든 그 어떤 것도 아예 체험조차 하지 못한다.

많은 사람이 1밀리미터도 비켜갈 수 없는 삶의 계획을 준비해 놓고 있다. 이들은 자기 자신의 서랍 속에서 거의 숨막힐 지경이 되었으니, 그들의 길을 가기가 얼마나 힘들겠는가. 그렇게 되면 삶은 새장이 된다. 사람은 밖으로 나오지 않는다. 그리고 누구도 그에게로 들어가지 않는다.

문들을 열기 위해서는—기도에서와 마찬가지로 삶에서도—우리는 판단하는 일을 모두 그만둬야 한다.

물론 사람들은 저마다 나름대로 지키는 근본 가치들을 가지고 있고, 그것에 따라 살아가고, 그리고 자신을 그것과 떼어놓지 않는다. 그 점에는 문제가 없다. 그럼에도 불구하고 자신의 잣대를 다른 사람들에게—심지어는 하느님에게까지도—적용해서, 모든 사람과 사물을 오직 자기의 생각을 기준으로만 평가한다면 그것은 안 될 일이다. 어떤 사람은 이 원칙을 자신의 신앙과 관련지어 자신이 진리를 소유하고 있다고 주장하는데 이것은 문제가 된다. 즉 여기서 조금이라도 벗어나기만 하면 그것은 죄라고 규정하는 것이다. 이러한 판단은 종종 타종파와 타종교의 신자들을 부당하게 대하는 일이 된다.

거기에도 하느님을 체험한 사람들이 많이 있다. 그 체험이 당신이 한 체험과 반드시 동일할 필요는 없다. 당신이 깨달은 것을 다른 사람들에게 강요하는 것은 교만의 표시다. 하느님을 만난 대부분의 사람들은 그

몸과 움직임의 기도

와 정반대의 행동을 한다. 즉 자신의 영적 경험을 뽐내
고 진리를—좋은 의도에서—다른 사람들에게 강요하
는 대신에 자신을 낮춘다. 이들은 재판과 과정을 끝내
지 않는다. 왜냐하면 이들은 생각을 달리하는 사람들
에 관해 판단하지 않고, 자신의 하느님 체험을 이 사람
들과 나누려고 하기 때문이다.

제 7 장

그대 삶을 활짝 펼쳐라

누구나 돌멩이가 무엇을 의미할 수 있을지는 잘 알고 있다. 중요한 건축 자재지만, 발로 차버릴 수 있거나 또는 걸려 넘어질 수 있는 돌멩이. 돌멩이는 우리 안에 있는 힘을 상징할 수 있지만, 또한 우리의 가슴이 '돌처럼 굳어' 있다면 경직된 마음을 뜻하기도 한다. 그것은 굳건한 기초이거나 거부나 냉담의 표시가 되기도 한다. 사람은 이 모든 감정과 능력을 자기 안에 품고 있다.

믿는 사람은 더 오래, 더 건강하게 산다

언론매체에 「종교적인 사람들이 더 오래 산다」느니 「기도가 도움이 된다」느니 「교회 다니는 사람들이 더 건강하다」는 등의 제목을 단 흥미 위주의 보도들이 갈수록 더 자주 눈에 띈다. 최근 TV에서는 명상을 통해서 병이 치료될 수 있다는 사실을 증명하는 과학적 연구 결과가 소개된 적이 있다. 이 연구에서는 세 그룹의 환자들이 소개되었다. 한 그룹의 환자들은 약만 받았고, 다른 그룹에서는 운동을 통해 치료를 했으며, 세 번째

그대 삶을 활짝 펼쳐라

그룹에서는 하루에 30분씩 세 번의 명상시간을 가지게
했다. 결과는 명상을 통해서 병이 현저하게 나아졌다
는 것을 명료하게 확인해 주었다. 결과적으로 육체의
건강과 정신적 건강에는 상관관계가 있다는 사실이 과
학적으로 증명된 것이다. 그리고 종교적인 수련은 육
체가 느낄 수 있을 정도의 영향을 준다는 점도 증명되
었다.

민감한 사람들이라면 알고 있었던 사실이 이 연구와
더불어 과학적으로 확인되었다. 그러나 여기서 기이한
점은—인생에 있어서 흔히 그렇듯이—이 상관관계에
관한 지식은 사람들이 일상생활에 이용할 수 있을 정
도로 충분하지 않다는 점이다. 전혀 다른 삶의 공간에
서 같은 현상이 나타난다. 흡연이나 음식물 섭취, 운
동, 스트레스 같은 데서 그렇다.

우리 인간은 육체와 정신에 무엇이 좋고 나쁜지를
매우 정확히 알고 있다. 그럼에도 우리는 이러한 지식
이 알려주는 것과는 반대로 행동한다. 신앙을 가진 사
람들이 더 건강하고 오래 산다는 의미를 담은 언론보
도들은 종교성의 파도를 불러일으키지 않았다. 사람들

검은 양도 기도할 수 있다

이 이전보다 더 자주 기도하는 것도 아니며, 교회 다니
는 사람들이 줄어드는 추세는 여전했다. 너무나 많은
사람에게 종교적인 규칙이나 의식이 더 이상 귀담아
들을 게 없는 것으로 되었고, 그것들을 이해하지 않으
려 하거나 이해할 수가 없게 되었다. 결국 저 상관관계
를 아는 것만으로는 충분치 않은 것임에 분명하다. 신
앙도 따라와야 한다. 그런 후에야 이 지식이 삶 속에 실
천으로 전환될 것이다.

거기에서 물론 질문 하나가 제기될 수 있다. 신앙은
도대체 어디에서 어떻게 학습할 수 있느냐 하는 것이다.

명상과 기도와 자기 몰입이 종종 전통적인 약물보다
육체적 상태에도 더 좋은 결과를 가져온다는 통계적
증명은 자연과학적이고 기계주의적 사고 방식에 빠져
있는 사람들에게는 일단 충격이 아닐 수 없다. 종교적
인 삶과 육체적인 생명 사이에는 결국 긴밀한 상관관
계가 있다. 자연과학자들은 지금까지 그러한 관계를
대부분 도외시했었다. 그들은 생명연구에 전력하면서
거의 배타적으로 물리적, 화학적, 생물학적인 과정에
관심을 집중했었다. 신앙과 종교적인 행위가 건강에

그대 삶을 활짝 펼쳐라

영향을 주는 인자라는 점은 오히려 비웃고 넘어가 버렸었다.

그러나 종교성의 르네상스와 더불어 물질 외적인 것에 대한 인식도 점점 더 많아지고 또 중요하게 여겨지고 있다. 사람들은 과학적으로 측정 가능한 사실들만으로 그들의 삶을 가꿔나가기를 원하지 않는다. 이러한 영적인 것에 대한 갈망이 있음에도 불구하고 더욱 놀라운 것은 실제로는 극히 적은 수의 사람들만이 종교적인 삶을 영위해 나간다는 점이다.

그것은 왜 그럴까?

대부분의 사람들은 무엇이 종교적인 삶인지를 모르고 있는 것 같다. 그리고 그 삶 속에 어떤 기쁨이 있을 수 있는지도 모르는 것 같다. 종교, 교회, 그런 것들이 그들에게는 너무도 이론적이고, 너무도 멀리 있다. 그들은 이런 것들을 아직 한번도 직접 체험해 보지 못했다. 과학적 연구에 따르면 이제 '기도'도 효험이 있는 약의 하나라고 한다. 만약—매일 복용하는 경우—수명을 5년 또는 10년 연장시킬 수 있는 약을 의사가 제안한다면 우리는 어떤 반응을 보일까?

검은 양도 기도할 수 있다

여기서 명심해야 할 것이 있다. 그 약은 그 어떤 나쁜 부작용도 일으키지 않는다는 점이다.

그럼에도 불구하고 사람들이 그런 제안을 거부하는 것은 내적인 타성과 관련되어 있기도 하지만, 무엇보다 그들이 인생을 부정하고 있다는 데 그 이유가 있다. 심리학에서 '죽음의 충동'이라고 부르는 부정적 기질을 누구나 가지고 있다. 기도와 관련해서 이러한 부정적인 태도는 하느님과의 관계를 거부하는 것으로 나타난다. 즉 종교적인 삶을 원하지 않는 태도인 것이다. 이러한 거부는 대개 논리적인 이유에 근거하는 게 아니다. 그것은 종교적인 삶을 금욕생활, 속이 빈 의식들, 나약함, 종속성 그리고 성생활이나 멋지고 재미있는 체험들의 포기와 동일시하게 만드는 무의식적인 상상과 불안에서 나온다.

영적인 삶으로 관심을 돌리는 사람은 필경 자신의 생활을 바꿔야 할 것이다. 그러나 그렇다고 해서 삶이 이전보다 딱해지는 것이 아니다. 오히려 넉넉해진다. 물론 지금까지 삶에 가치가 있다고 생각되었던 많은 것은 없어지게 된다. 예컨대 갖고 싶은 것을 마음껏 사들이는 것, 엄청난 부, 재미만을 무한정 추구하는 집단 등등이 그런 가치에 포함된다. 규칙적인 기도생활을 통해서 이러한 물질적인 편안함이 사라질 거라고 불안 해한다면, 그것은 이제 생명을 더 오래 더 건강하게 유지시켜주는 것이라고 입증된 종교적 삶을 아예 처음부터 포기하는 것과 같다.

어둠 속으로 불빛을

강림절 장식환 촛대에 꽂힌 네 개의 초 중에서 첫 번째 초에 불이 붙여질 때, 그것은 어둠 속에 빛을 비춘다는 것을 상징한다. 이 어둠이 제 아무리 크다 할지라도. 사람들은 저마다 이 불빛을 보며 나름대로 무엇인가를 느낀다.

커다란 절망과 어둠 속에 빠진 상태에서 나를 찾아왔던 한 부인을 나는 자주 떠올린다. 육체적이고 정신적인 질병으로 그녀는 휘어지고 온통 해어져 있었다. 사람의 생각으로는 그 어떤 도움도 더 가능할 것 같지 않아 보였다.

검은 양도 기도할 수 있다

그녀가 면담실 안으로 들어왔을 때 나는 그녀가 처한 칠흑같이 어두운 삶의 상황을 그대로 느낄 수 있었다. 나는 성냥을 꺼내 책상 위에 있는 초 하나에 불을 붙이려 했다. 부인이 깊은 한숨을 지으며 말했다. "저 때문이라면 불을 붙이실 필요는 없습니다. 전 아무 값어치도 없는 사람입니다." 그녀의 말에 흔들리지 않고 나는 초에 불을 붙였다. 이 작은 초의 불빛이 어둠 속으로 파고들 때까지 어느 정도의 시간이 흘렀다. 우리의 대화는 쉽지 않았다. 그러다 어느 한순간 갑자기 부인이 입을 열었다. "그래도 절 위해서 불을 밝혀주셔서 기쁩니다." 그 말을 듣고 나는 그 불빛이 그저 가치 인정을 상징하는 것에 지나지는 않았다는 느낌을 받았다. '당신은 귀한 사람입니다' 라는 내 마음이 실제로 그녀에게 전달되었음을 나는 확신했다.

강림절은, 우리 한 사람 한 사람에게 '너는 내가 사랑하는 귀한 사람이다' 라고 복된 소식을 알려줄 그 하느님이 오시기를 고대하는 시간이다. 우리는 이 복음을 이해할 수 있기 위해서 우리에게 중개해 주는 상징적 표시와 사람들이 필요하다. 강림절 장식환의 첫 번

그대 삶을 활짝 펼쳐라

째 초는 사랑에 관한 하느님의 기쁜 소식을 예고하는 것이다. 어둠이 걷히지 않을 것처럼 보이는 곳, 외롭고 절망에 빠진 사람들이 있는 곳, 사람과 사람 사이의 기막히고 어이없는 벽을 만들고 있는 곳, 그런 곳이면 어디든 이 초는 불을 밝힌다. 물론 우리는 그 불빛을 체험해 보기 위해 이 초에 불을 당길 수 있다.

초에 불을 붙이고 어둠 속으로 빛을 가져가는 것, 그것은 이미 하나의 기도다. 예배당 안에서는 '믿지 않는' 사람들조차도 촛불을 켠다. 분명 그들은 빛의 상징에 매료되는 것일 게다. 서로 다른 계기들로 인해 밝혀지는 촛불의 띠도 마찬가지로 저마다 이 상징 속에 담겨 있는 힘을 반영한다.

영적인 의미에서도 초는 인간의 어둠 속으로 빛을 가져다준다. 대화를 나눌 때 촛불이 있으면 어둠 속에 있던 절망과 압박감은 이 상징이 없을 때보다 더 잘 이끌려나오게 된다. 주의 깊은 대화는 구체적으로 기도하지는 않더라도 기도가 된다. 왜냐하면 그런 가운데서 하느님과의 초월적인 관계가 만들어지기 때문이다.

나와 마주앉아 있는 사람과 함께 실제로 기도할 수

검은 양도 기도할 수 있다

있다면, 물론 그것은 훨씬 더 좋은 것이다. 그때의 기도가 미리 기도문으로 작성한 내용을 읽는 것이든, 아니면 순간적으로 생각나서 튀어나오는 말이든 상관없다. 언제든 이 두 사람은 함께 기도를 함으로써 그들을 둘러싸고 있는 어둠을 밝히는 불을 켜게 된다.

어떤 사람의 절망이 아무리 크다 할지라도 촛불을 켜놓고 드리는 기도는 그가 어쩌면 잃어버렸을지도 모를 자기 가치의 감정을 그에게 되돌려주게 될 것이다. 마음을 그 사람에게로 향하게 할 때 혼자서는 넘어갈 수 없는 한계를 그와 함께 넘어가는 것이다. 이 한계는 그가 지니고 있는 불안과 자기 회의, 그리고 그에게 닥친 곤경이 지니고 있는 한계다. 자신이 빠져 있는 어둠 속에서 그는 종종 스스로 촛불을 보려 하지 않는 것일 수 있고, 어쩌면 아예 볼 수가 없는지도 모른다. 빛을 지각함으로써 그는 스스로를 가두고 있는 자기의 감옥 문을 연다. 이것은 기도할 때 나타나는 현상과 똑같다. 그래서 초의 상징은 동시에 기도의 상징이다.

촛불 속에서 우리는 다른 사람과 말하거나 기도하거나 또는 침묵할 수 있다. 그러나 어떤 형식을 취하든 그

것은 기도다. '그저' 하나의 작은 초 앞에 앉아 있을 뿐
일지라도 우리는 물론 자신의 삶까지도 하느님의 빛
속에서 바라볼 수 있다.

침묵하고 들어보라

자기 자신과 다른 사람들, 그리고 하느님에게 귀 기울
이는 것을 배울 때 그대의 삶은 성공한다. 그러나 그렇
게 하는 것은 쉽지 않다. 우리 주위에서 일어나는 사건
들, 우리가 지고 있는 짐과 문제들, 그런 것들만으로도
우리는 충분히 힘들기 때문이다. 그런 것들에 관해 더
이상 아무것도 듣고 싶지 않는 경우도 자주 생긴다.

  내면의 목소리들이 우리를 너무도 자주 괴롭히고 있
다. 그것들을 억누르려고 할 때도 괴롭기는 마찬가지
다. 그대의 머릿속에서는 수천 가지의 생각이 스쳐간
다. 내일 있을 협상 또는 상담을 잘 이끌어갈 수 있을
까? 지불 만기가 된 청구서들은 다 처리되었을까? 어
제와 똑같은 싸움을 남편과 또다시 반복하게 될까? 내
일 당신이 그토록 그리워하는 그와 만나게 될까? 그 밖

검은 양도 기도할 수 있다

에도 수많은 크고 작은 일이 처리되어야 한다. 미뤄두고 있는 편지와 아직 하지 않아서 마음을 답답하게 만드는 전화 통화……. 내면의 목소리와 전갈은 셀 수가 없을 정도로 많다.

우리는 겉으로는 그냥 침묵하고 있는 것처럼 보일지라도 실제로는 입을 다문 채 싸우거나 고함을 치고 있다. 그것은 진정한 침묵이 아니다. 오히려 내면의 원망이거나 문제를 그냥 함구하고 있는 것이거나, 아니면 문제를 대충 미뤄두고 있는 것이다.

그런 순간에 가슴이 안정을 찾을 수 있다면, 진정으로 마음의 평화가 찾아온다면, 자신을 추슬러 내 안에 머물 수 있다면, 그리고 우리 자신을 신뢰할 수 있게 된다면 얼마나 좋을까. 가슴속의 수많은 목소리, 우리를 불안하게 만드는 것과 걱정거리, 그 앞에선 기쁨조차도 도움이 되지 않는다. 오로지 정적과 침묵만이 필요하다. 침묵은 '소음이 없는 것'을 말하는 게 아니라 내면의 평화, 즉 하느님 안에서 보호받고 있음을 아는 것이다―하느님을 믿는 사람들은 그렇게 말한다. 한 사람이 침묵할 수 있는 것은 그가 귀를 열고 들을 때, 무

그대 삶을 활짝 펼쳐라

엇보다도 정적 속에서 들을 때다.

평온을 잃고 불안해하는 사람들은 "정적은 내게 아무것도 말해 주지 않아" 하고 주장한다. 그러나 정적 속에서 우리는 말보다 더 많은 것을 듣는다. 자신에 관해서, 자신의 삶에 관해서, 사람들과 하느님에 관해서. 이 정적은 괴로움 때문에 입을 꼭 다물고 있는 것이 아니라, 모든 소음의 뒤에 있는 삶의 은총과 선물에 주의 깊게 귀를 기울이는 것이다.

침묵은 이 경우 아주 적극적으로 귀담아 듣는 것을 의미한다. 사람들은 보통 침묵이 없다면 의사소통도 없다는 사실을 잊고 있다. 상대의 얘기를 귀담아 듣지 않을 때 진정한 대화는 이루어지지 않는다. 다른 한편 명상 공간이나 수도원을 지배하고 있는 절대적 정적과 침묵이 혼동되는 경우가 흔히 있다. 물론 이러한 특별한 형태의 정적도 있지만, 동시에 침묵은 하루 종일 동행하는 마음가짐인 것이다. 어떤 대화에서든 침묵에 귀 기울이는 단계가 찾아오는데, 그렇지 않을 경우엔 그 어떤 의사소통도 일어나지 않는다. 그렇기 때문에 어떤 형식의 의사소통에도—지극히 사소하게 보이는

검은 양도 기도할 수 있다

일상적인 의사소통에도—기도의 입김이 감춰져 있다. 그렇게 함으로써 말하고, 귀 기울이고, 그리고 나로부터 너에게로의 경계를 넘어가는 것이다.

진정한 대화가 이미 기도가 된다는 사실을 쉽게 생각할 수 있는 사람은 많지 않다. 왜냐하면 그들은 기도를 뭔가 다른 것이라고 이해하고 있기 때문이다. 자기 몰입이라든가 정적 속의 한적함, 금욕, 하느님이 가까이 있다는 것 등등. 그러나 사람이 자신의 한계를 넘어갈 때 기도는 시작된다. 한계를 넘어서 하느님에게로 가는 가장 높은 단계, 완성의 단계는 하느님과 하나가 될 때를 말한다. 그러나 다른 사람들이나 다른 피조물들과의 관계 속으로 들어갈 때에도 이러한 내적인 접촉, 신적인 것과 하나가 되어 녹아드는 일은 일어날 수 있다.

사람들이 교대로 말하거나 침묵 속에서 귀를 기울임으로써 서로 관계를 맺는다면 삶은 발전한다. 이러한 말하기와 경청의 리듬은 하느님과의 관계 속으로 들어갈 때에도 적용된다. 기도하는 가운데 사람은 초월적인 실재와의 관계를 만들어낸다. 사람은 하느님과 의

그대 삶을 활짝 펼쳐라

사소통한다. 자리를 잡고 앉아서 침묵하며 들을 때, 그 것은 기도다. 많은 사람이 이러한 종교적 상호관계에 서 아직 아무런 체험도 하지 못했거나 또는 아주 적은 체험만을 했을 테지만, 그렇다고 기가 죽을 필요는 없 다. 영적인 관계란 종종 더디게 성장하지만, 언젠가는 누구든 근본적인 체험에 맞닥뜨리게 된다.

기도는 우리의 육체적인 건강과 영적이고 정신적인 건강을 함께 강건하게 한다. 그것은 자신과 다른 피조 물들과 하느님과 내적으로 하나를 이루게 한다. 따라 서 진정한 삶을 들을 수 있는 몇 분간의 침묵과 정적은 일상생활에서도 기도가 되는 것이다.

손안의 돌멩이

어느 날 어린이들과 함께했던 예배의 주제는 '돌멩이' 였다. 나에게든 또 다른 누군가에게든 걸림돌이 되는, 그러나 무엇인가를 만들 수 있는 돌멩이 말이다. 아이 들은 제단 주변에서 돌멩이를 손에 들고 앉거나 서서 그것으로 어떤 의미 있는 것을 할 수 있을지를 궁리하

검은 양도 기도할 수 있다

고 있었다. 많은 아이디어가 나왔다. 집을 짓겠다거나 정원 울타리로 돌담을 쌓겠다거나 또는 그냥 정원에 놓아두겠다는 등등.

갑자기 작은 여자아이가 물었다. "이 돌을 누군가의 머리에 던진다면 어떻게 될까?"

"그럼 맞은 사람이 아프겠지." 작은 사내아이가 대꾸했다.

누구나 돌멩이가 무엇을 의미할 수 있을지는 잘 알고 있다. 중요한 건축 자재지만, 발로 차버릴 수 있거나 또는 걸려 넘어질 수 있는 돌멩이. 돌멩이는 우리 안에 있는 힘을 상징할 수 있지만, 또한 우리의 가슴이 '돌처럼 굳어' 있다면 경직된 마음을 뜻하기도 한다. 그것은 굳건한 기초이거나 거부나 냉담의 표시가 되기도 한다. 사람은 이 모든 감정과 능력을 자기 안에 품고 있다.

그러면 나는 내 손안에 있는 이 돌멩이로 무엇을 하고 있는가? 그리고 얼마나 자주―경직과 공격성의― 돌멩이를 손안에 넣고 여기저기 들고 다니는가? 그런 상황이 내겐 얼마나 빈번하게 일어나는가?

그대 삶을 활짝 펼쳐라

우리가 자기 안에 있는 힘으로 스스로를 세우고 있는지 아니면 파괴하고 있는지를 매일 아침 자신에게 물어보는 일은 유익하다. 우리 안에는 경직되는 성질에서부터 건설적인 도움을 주는 성질에 이르기까지 모든 능력이 감춰져 있다. 가끔은 돌멩이를 다른 사람들에게 던지는 게 집을 짓는 것보다 더 쉬울 때도 있다.

"돌멩이로 내가 할 수 없는 게 도대체 무엇일까?" 하는 질문에 한 여자아이가 대답했다. "손안에 든 돌멩이로 난 아무도 사랑할 수가 없어. 우선은 돌멩이를 내버려야 해. 그래야 손을 내밀어 누군가를 쓰다듬을 수 있지." 어린아이의 입에서 이런 지혜의 말이 흘러나오다니!

돌멩이의 상징이 기도에 대해 의미하는 바는 무엇일까?

사람들은 마음속에 기도에 대한 갈망을 품고 있다. 그러나 그들은 돌멩이를 쥐고 있는 한 손을 펼 수가 없다.

돌멩이가 삶에서 뭔가를 세우는 데 사용되지 않을

검은 양도 기도할 수 있다

때, 그것은 사람을 경직되게 만든다. 쓸개에 결석이 생길 때처럼. 사람은 느끼지 못하면서도 그것을 이리저리 가지고 다니지만 언젠가는 고통이 시작된다.

삶에 있어서 경직됨은 우선 지각되어야 한다. 그래야만 그것을 의식적으로 성찰하게 되고, 풀어내기까지 할 수 있는 것이다. 그러나 자신으로부터 경직된 것을 지금 당장 제거할 수 없을지도 모른다. 그렇다면 그것을 우리의 삶 속에 받아들여야 한다. 그리고 비록 부정적일지언정 이 경험을 통해서 배우는 게 있다. 어린아이가 뜨거운 열판에 손가락을 데는 경우, 아이는 그 일 때문에 오븐이나 불을 저주하지는 않는다. 아이는 앞으로 열판을 의미 있게 사용하는 방법을 배우게 되는 것이다.

내적으로 경직되어 있는 사람은 기도할 수 없다. 경직됨은 하느님에게로 자유롭게 접근하는 것을 봉쇄한다. 돌멩이를 손안에 들고 있거나 가슴속에 품고 있는 사람은 그것을 자기 삶의 모자이크에 끼워 넣을 수 없다. 자신의 상징적인 석화(石化)를 인식하고 받아들이거나 아니면 해소할 때에야 비로소 하느님과의 관계가 열린다.

그럴 때 비로소 기도 속에서 하느님을 만나게 된다.

하늘과 땅이 맞닿은 곳

가끔 우리는 하늘과 땅이 맞닿아 있는 장소를 찾아내고 싶어한다. 거기는 몸과 영혼을 지닌 우리가 온전히 존재할 수 있는 곳이다. 하느님 체험이 정확히 무엇인지는 모른다 할지라도 하느님 체험을 하게 되기를 소망할 수 있는 그리움의 장소. 어머니 품속에 있는 것 같은 편안함과 하느님과의 관계를 체험하기 위해 사람은 누구나 항상 이러한 장소를 찾고 있다.

우리의 눈에는 자신의 삶과 장소들이 썩 매력적으로 보이지 않는 법이다. 아마도 마음속에서 찾고 있는 곳이라면 분위기가 좀더 좋을지 모르기 때문에 우리는 명상하거나 기도하기 위해서는 예배당이나 수도원에 가야 한다고 생각한다. 힘들게 녹초가 되도록 피곤한 일상사를 처리하는 곳보다는 우리에게 더 적합한 곳으로 보이는 장소로서 흔히 집 밖을 찾아보게 된다. 인간은 자신의 안팎에서 나오는 이런저런 어지러움이 없는

검은 양도 기도할 수 있다

이상적인 장소에 대한 그리움을 늘 지니고 있다. 아마 그런 이상적인 곳은, 우리의 생각과 감정이 지닌 일상적인 어지러움이 현실에서처럼 그렇게까지는 격하지 않은 곳이기를 소망하고 있는지도 모른다.

무언가 찾고 있는 사람이라면 누구나 그럴 것이다. 모두를 하나로 묶어주는 커다란 공동체 감정을 체험하기 위해서 도망치듯 축구장으로 달려가는 사람들이나 디스코텍에서 맘껏 춤을 추고 싶어 하는 청소년들도 이런 이상적인 장소를 찾고 있다. 대부분의 사람들은 늘 무엇인가를 찾고 있는 중이다. 그들은 나름대로의 이상적인 장소를 찾아낼 수 있기를 희망하고 또 그렇게 될 거라고 믿고 있다.

수도사들의 전통에서 회자되는 이야기가 하나 있다. 옛날 두 명의 수도사가 있었는데, 하느님을 찾는 진정한 이 구도자들은 오래된 책에서 세상 끝 어딘가에 하늘과 땅이 서로 맞닿은 곳이 있다는 내용을 읽었다고 한다. 그들은 이곳이 바로 그들이 그리워하고 그들의 갈망을 충족시켜줄 장소라는 것을 굳게 믿고 찾아나서기로, 그리고 찾기 전에는 돌아오지 않기로 결심했다

그대 삶을 활짝 펼쳐라

고 한다.

그들은 온 세상을 헤집고 돌아다니면서 셀 수도 없이 많은 위험을 이겨냈다. 온 세상을 돌아다닐 때면 그들은 당연히 뒤따라오는 모든 곤경의 상황과 궁핍에 시달렸다. 그리고 사람이라면 누구든 자신의 목표와 노력으로부터 등을 돌리게 만들 모든 유혹에 맞닥뜨렸다.

그들이 읽은 책에 따르면, 그곳에는 두드리기만 하면 바로 하느님 곁으로 갈 수 있는 문이 있다는 내용도 적혀 있었다.

수많은 고난과 궁핍을 이겨낸 뒤 그들은 마침내 그토록 찾던 것을 발견했다. 그들은 떨리는 가슴으로 문을 두드렸고, 그 문이 열리는 모습을 지켜보았다. 문 안으로 들어섰을 때 그들은 수도원 방 안, 즉 그들의 집에 서 있었다.

그때 그들은 하늘과 땅이 맞닿은 곳이 언제나 지금 있는 그 자리에 있음을 깨달았다. 바로 이 자리를 하느님이 우리에게 할당해 주었기 때문이다.

누군가 기도하기를 원하고 하느님을 체험하기를 바

검은 양도 기도할 수 있다

랄 때 자기 자신, 자신의 삶과 장소에 더 이상 만족하지 않는 위험에 빈번히 빠져든다. 그는 그 어떤 다른, 더 나은 장소를 찾아나선다.

사람들은 하느님을 체험하기 위해서는 좀더 기도를 잘할 수 있도록 교회나 수도원 적어도 그 어떤 신성한 표적이 필요하다고 생각한다. 그런 생각에는 옳은 부분도 상당히 많다. 외적인 표적이나 주변 상황은 자신에게로 또는 하느님에게로 가는 길에서 더 많은 걸 발견하게 도와줄 수 있다.

그러나 두 명의 수도사들이 하느님을 찾으면서 도달한 곳은 그 어떤 미지의 장소, 예배당이나 신성한 산이 아니었다. 바로 수도원에 있는 그들의 방 안에서, 마음속으로 구도의 길을 나섰던 출발지인 그들의 집에서 자신들을 다시 발견한 것이다.

우리는 어디에서든 찾을 수 있고 그 어떤 장소에서든 기도할 수 있다. 영적인 삶과 하느님 체험을 위한 가장 좋은 장소는 지금 있는 바로 그곳일 수 있다. 지금 서 있는 자리가 옳은 곳이고, 현재 완수해야 할 과제도 마찬가지로 옳은 것임을 깨달을 때, 그때 우리는 그곳

그대 삶을 활짝 펼쳐라

에서 하느님과 마주치게 될 것이다.

두 수도사가 오래도록 힘들게 찾아다녔던 것은 무의미했다고 우리는 넘겨짚어 말할 수도 있을 것이다. 처음부터 그냥 집에 있었어도 될 것이었기 때문이다. 하지만 그렇지 않다. 무엇인가를 찾고 그리워하는, 또 때로는 무엇에 중독이 되는 일에는 시간과 공간이 필요하다. 우리가 이 갈망을 쫓는 건 좋은 일이다. 설령 그것이 우리를 종종 잘못된 길이나 난관과 절망으로 이끈다 할지라도 말이다. 이런 경험들 또한 인생에 있어서는 중요하다.

저 두 명의 수도사는 도중에 수많은 난관에 직면했고 어떤 것들은 그들을 목표에서 멀어지게 했을 것이다. 그러나 그들은 현혹되지 않으면서 그들의 길을 충실히 계속해서 걸어갔다. 내적인 충실을 간직하며 길을 떠나는 것, 그것은 커다란 선물이며 은총이다. 저마다 처해 있는 삶의 상황이 하느님 체험과 은총의 장소라는 사실을 깨닫는다면 누구나 이러한 내적인 장소를 발견할 수 있다.

모든 장소에서 기도할 수 있는 게 우리의 목표다. 그

검은 양도 기도할 수 있다

리고 더는 그 어떤 특별한 것을 찾지 않는 것이 우리의 목표다. 하느님에게로 마음을 향하게 할 때 우리는 옳은 길에 서 있다.

하느님을 위해 마음을 열 때 하느님은 어디에든 있다. 그 순간에 하늘과 땅이 맞닿는다. 그리고 하느님의 손이 그대에게 닿는다.

그대 삶을 활짝 펼쳐라

힘을 주는 장소들

"개가 교회에서 하느님 체험을 할 수 있을지, 전 모르겠습니다. 전 개는 개집으로 가야 한다고 믿습니다. 부인께서도 분명 기도하러 개집으로 들어가시지는 않을 겁니다."

아주 오래된 성지순례의 전통

수도원 현관에서 초인종을 눌렀던 이 세 명의 젊은 남
자는 신앙심이 깊다는 인상을 주지는 않았다. 이들은
성지순례를 하기 원했다. 팔켄슈타인(Falkenstein)이라
는 곳이 — 장크트 길겐St. Gilgen과 볼프강제
Wolfgangsee(호수) 사이에 있는 — 힘을 주는 장소라는
애기를 들었다면서 그곳으로 가기를 원했다. 그러나
그들은 어느 길로 가야 그곳에 이를 수 있는지, 효험 있
는 체험을 하기 위해서는 순례 중에 무엇을 해야 하는

지를 모르고 있었다.

　나는 이전에 다른 순례자들에게도 그랬듯이 이들에게 길을 가르쳐주었고, 이제는 이미 거의 잊혀진 아주 오래된 성지순례의식에 관해서도 설명해 주었다. 호수에서 우선 '죄의 돌멩이'를 찾아서 그것을 손에 들고 명 상 을 하 거 나 기 도 하 면 서 쉐 혀 예 배 당 Schacherkapelle까지 갈 것, 거기에서 피라미드 모양으로 쌓여 있는 아주 오래된 돌멩이 더미 위에 그걸 던질 것. 그런 다음 팔켄슈타인-예배당Falkenstein-Kapelle에 있는 '스쳐지나감의 돌'을 스치고 지나가서 소망의 종을 울리고, '잠의 돌' 위에서 쉴 것, 치유의 샘에서 물을 떠 마시고 '머리의 돌'에 누워 바위의 힘들이 효능을 나타낼 때까지 기다릴 것, 하클부르프-예배당Hacklwurf-Kapelle으로 가서 호숫가에 있는 장크트 볼프 강St. Wolfgang을 향해 새롭게 출발할 것. 그리고 그 길을 가는 동안 내내 침묵을 지켜야 할 것을 그들에게 말해 주었다.

　이 남자들은 내가 일러준 대로 했고 나중에 감명을 받고 돌아와서는 내게 고마움을 표했다.

힘을 불러일으켜 주는 장소들이 인기를 끌고 있다. 바이에른의 알트외팅Altoting이나 티롤의 마리아 슈타인Maria Stein 같은 작은 성모상 순례성지나 루흐데Lourdes, 파티마Fatima, 메듀고르예Medjugorje 같은 유명한 성지, 영국 스톤헨지Stonehenge의 태고의 돌 성소, 또는 앞서 언급한 잘츠캄머Slzkammer에 있는 팔켄슈타인 같은 곳을 찾는 게 유행이 되고 있다. 계몽된 이성에 거스르기 때문에 논리적으로 이해되기는 그저 힘들기만 할 뿐이라, 사람들은 주술이나 미신으로 치부되고 외면되는 어떤 것을 발견하기 위해서 이 장소들을 찾는다.

그러나 사람들이 특정한 장소들에서 내적인 힘과 외적인 힘을 길어올리고, 이 체험에 관해서 보고하며, 그들의 체험으로부터 다른 사람들까지도 영감을 받고 있다는 것, 또 이들 중에는 종교적이지 않은 사람들도 끼어 있는 경우가 빈번하다는 것은 사실이다. 물론 힘의 원천이 되는 게 그 장소인지 아니면 돌, 물, 나무 또는 교회가 힘의 원천인지, 혹시 우리의 자연과학적 측정 가능성의 범위에서 벗어나는 풍수지리학적 역선(力線)

들이 교차하기 때문인지, 그것도 아니면 이 모든 것이 그저 망상, 진정한 신앙에 대한 마술적 대체행위 또는 결여된 확신에 지나지 않는 건 아닌지 그런 질문들이 제기될 수 있다.

그러나 수백 년, 수천 년에 걸쳐서 그렇게 많은 사람이 그들의 지각작용에서 스스로를 속인다는 게 가능한 일일까? 냉정하게 거리를 두고 있는 관찰자에게는, 이러한 힘이 나타나는 장소들의 비밀은 정체를 드러내지 않는다. 이 비밀은 체험을 위해 스스로 이런 장소를 향해 자신의 마음을 '여는' 사람에게만 계시된다.

신성한 장소에는―사람에게도 그렇듯이―기도의 힘과 신앙의 힘이 모일 수 있다. 그리고 그 힘은 그곳에 저장되고, 보존되며, 다른 곳이나 다른 사람에게로 전달될 수 있다. 특정 지역들이 '은총의 집합지'로서 특별히 적합하다는 것을 우리는 수천 년의 경험들로부터 알고 있다. 이 장소들에서는 순전히 머리로만 굴린 사고를 넘어서는 경험을 할 수 있는 가능성이 나타난다. 그곳에서는 계몽적 지식의 측면에서 볼 때는 의심스럽고 불투명하게 보이는 초현실적 실재와 접촉하는 일

검은 양도 기도할 수 있다

이, 또 그것에 의해 접촉되는 일이 가능하다. 인간이 경험하는 접촉은 다양할 수 있다. 이것은 대부분 물이나 불, 흙, 공기 같은 근원적 원소들을 통해서 일어난다. 이러한 접촉을 통해서 인간은 자기 자신을 경험할 수 있는 가능성을 가지게 된다.

개는 개집으로, 사람은 예배당으로

게르놋Gernot 형제는 우리 베네딕트회 수도원 중 아주 아름답고 오래된 주교좌 성당에서 성물(聖物) 관리인 직책을 맡고 있다. 그는 이 예배당을 자신의 눈동자처럼 귀하게 여기며 돌본다. 그의 주된 관심사는 이 예배당을 예배와 기도를 위한 고귀한 장소가 되게 하는 것이다.

여름이 되면 그는 소장된 문화재들을 보러 수도원과 교회를 방문하는 관광객들과 가장 많은 신경전을 벌인다. 대부분의 사람들이 기도하기 위해서 오는 것은 아니지만, 그중 많은 사람이 교회 건축가들이 어떻게 이다지도 멋진 성소를 빚어낼 수 있었을까 하며 감동을

힘을 주는 장소들

받는다. 그는 방문객들이 이 장소가 성스러운 곳임을 깨닫게 하려고 노력하는데, 그런 가운데 가끔 아주 몰상식한 태도에 부닥치기도 한다.

여느 때와 같이 예배당으로 들어가고 있었다. 그는 어떤 부인이 푸들 한 마리와 함께 제단 공간 한가운데 있는 걸 보았다. 그때 마침 그는 푸들이 제단을 뛰어넘으려고 하는 광경을 목격하고 깜짝 놀라 망연자실하지 않을 수 없었다. 이래서는 안 된다고 주의를 주기 위해 얼른 그 부인 곁으로 갔다.

"부인, 이곳은 예배당이지 개를 조련하는 장소가 아닙니다. 빨리 강아지를 데리고 예배당을 나가주시기 바랍니다. 이 예배당에서 저 강아지가 볼일은 없습니다."

강아지 주인은 화를 내며 공격적으로 대꾸했다. "젊은이, 당신은 동물을 아끼는 마음이 없는 것 같군요. 개에게도 영혼이 있어요. 그래서 어쩌면 얘도 교회에서 하느님이 가까이 있다는 것을 체험하기를 원하는 걸 거예요."

게르놋 형제는 주저하지 않고 맞받으며 대꾸했다.

검은 양도 기도할 수 있다

"개에게도 영혼이 있다는 건 저도 아주 잘 압니다만, 그렇다는 이유로 제단 위를 뛰어넘을 필요는 없지요. 개는 개집에 있어야 하는 겁니다."

이 부인은 여전히 물러서려 하지 않으며 말했다. "사람이 교회에서 하느님을 체험할 수 있다면, 개에게도 하느님을 체험할 수 있는 자리가 주어져야 하는 겁니다."

착한 성품의 게르놋도 이젠 더 이상 참을 수가 없었다. "개가 교회에서 하느님 체험을 할 수 있을지, 전 모르겠습니다. 전 개는 개집으로 가야 한다고 믿습니다. 부인께서도 분명 기도하러 개집으로 들어가시지는 않을 겁니다."

난 누구에게나 자신이 편하게 느끼는 장소가 있다고 생각한다. 사람이나 개에게 똑같이 적용되는 말이다. 하지만 서로 다른 체험과 느낌이 있는 것이 확실하다. 어떤 사람들은 기도하기 위해 숲으로 가지만, 자동차를 운전하는 중에 기도를 할 수 있는 사람도 있고, 성당이나 작은 예배당의 성소를 필요로 하는 사람들도 있

힘을 주는 장소들

다. 나는 기도하기에 가장 적합한 장소를 정하는 데 보편적으로 타당한 기준은 없다고 생각한다.

그러나 나는 그런 장소들을 알고 있으면서 잘 가꾸는 것은 좋은 일이라고 생각한다. 우리의 내면과 하느님에게로 다가가서 서로 관계를 맺는 데 도움을 주는 성스러운 장소들과 시간들이 있다. 다른 사람들이 신성하게 여기는 장소와 시간이 설령 우리에게는 마땅치 않게 여겨지더라도 존중해 주는 것 또한 좋은 일이다. 어떤 사람에게는 로마네스크 양식의 교회가 지닌 간결한 단순미보다 바로크 양식의 교회가 더 마음에 들 수 있다. 길가에 세워진 십자가, 그리스도 십자가상 또는 숲 속에 있는 조용하고 외딴 장소에 지나지 않는 곳이 어떤 사람들에게는 마음에 들지 않을 수 있다. 그러나 그와 마찬가지로 다른 사람들에게는 아주 이상적으로 여겨질 수 있는 것이다.

그러나 경험은 내게 사람들이 쉬지 않고 기도를 드리는 장소들이 있다는 것을 가르쳐주었다. 그런 장소에 가보면 기도나 좋은 생각이, 즉 사람들이 하느님과 관계를 맺으려는 노력이 이 성스러운 장소에 무엇인가

검은 양도 기도할 수 있다

를 남겨놓은 것 같다는 생각이 든다. 그리고 나중에 이곳을 찾는 사람들이 그것으로부터 혜택을 받는다. 성지순례를 위한 길들과 장소들은 그러한 신성한 구역이다. 그것을 의식하면서 그곳으로 가는 사람은 다른 사람들을 통해서, 그리고 하느님의 은총을 통해서 그곳에 생겨난 긍정적인 힘을 느낀다. 자신의 삶과 그 안에 담겨 있는 모든 근심과 곤경을 하느님 앞으로 짊어지고 올 수 있게 하는 그 가능성이 어떤 장소와 시간을 성스럽게 만든다. 또한 이런 것에 관해서 전혀 모르는 사람들의 마음까지도 건드리게 된다.

마음을 활짝 열고 모든 걸 느낄 준비를 한 채, 호기심이 아닌 그 어떤 접촉을 느끼려는 소망으로 다가가는 사람만이 그곳의 성스러움을 감지하게 될 것이다. 그렇기 때문에 이런 성스러운 장소들에서 소음을 내거나 고함을 치거나 볼거리만을 찾는다거나 부적절하게 법석대어 모독하지 않는 게 좋다. 이 성스러운 장소와 시간들을 존중한다면 그것도 존경의 형식이다.

또한 나는 사물과 동물, 인간은 저마다 자신에게 상응하는 장소가 필요하다고 생각한다. 그래서 개는 설

힘을 주는 장소들

사 이 동물에게 영혼이 있다 하더라도 개집으로 가야
하는 것이다. 개는 교회에 속하는 존재가 아니다. 개에
게도 교회에 있는 것보다는 개집에 있는 게 더 편하다
고 나는 믿는다.

　똑같은 생각이 사람에게도 적용된다. 신성한 장소에
서 자기 자신을 발견할 수 있기에, 또한 다른 사람들도
내적인 평화와 희망을 발견할 수 있기에 합당한 방식
으로 행동하는 것이 좋다. 그럴 때 그곳에서도 기도가
가능하다.

희한한 성지순례 : 개와 함께 하루에 두 번 산책하기
우리 수도원에는 '졸리'라는 이름의 개 한 마리가 있
다. 버려진 개였던 이놈이 어쩌다가 우리 수도원으로
오게 됐다. 이놈은 수도원 현관에서 편하게 지내면서
오는 사람 모두를 반갑게 맞이한다. 물론 뭔가 먹을 것
을 가져오는 사람을 가장 반긴다. 이놈은 그러니까 지
극히 정상적인 개다.

　매일 두 번 나는 볼일을 볼 수 있게 하기 위해 '졸리'

검은 양도 기도할 수 있다

와 함께 한 바퀴 산책을 돈다. 이놈에게는 이렇게 규칙적으로 바깥나들이를 하는 게 필요하다. 산책을 통해서 졸리는 자기가 안전하다는 느낌을 받는다. 그리고 그것을 즐긴다. 우리의 산책길은 수도원에서 출발해 작은 도로로 이어져 마리아 상이 서 있는, 이전에 우리 수도원에서 살면서 일했던 아우 암 인Au am Inn 출신의 수녀님들의 사진이 있는 수난자 기념비가 있는 초원에까지 이른다.

그러니까 나는 이 길을 개와 함께 하루에 두 번 걸어가는 것이고, 수난자 기념비 역시 하루에 두 번 지나가게 되는 것이다. 나는 이 수난자 기념비 앞에 멈춰 서서 기도하는 게 습관이 되었다. 거기에서 나는 함께 수도를 하는 형제들, 나의 일, 우리를 찾아오는 사람들 그리고 수도원에서 일하는 사람들을 위해서 기도한다. 매일 아침과 저녁에 내 삶과 우리 수도원 그리고 내가 마주치는 사람들을 하느님의 손에 맡긴다.

언제나 같은 시간에 매일 두 번 걷는 이 길이 내게는 성지순례의 길이 되었다. 채비를 하고 수도원을 떠나 길을 나서서 이 노천의 십자가상까지 순례를 하는 것

힘을 주는 장소들

이다. 그리고 개도 나와 함께 순례를 하는 것이다. 그놈은 거기 가서 살아가는 데 필수적인 용무를 보고, 나는 살아가는 데 필수적인 기도를 한다.

물론 이 길을 가는 중에 내겐 여러 가지 생각이 스쳐 지나간다. 아침에는 다음 날 무슨 일이 일어날지에 대한 염려와 방문객에 대한 기대를 하게 된다. 저녁 산책에서는 그날 있었던 모든 것이 다시 한 번 되새겨진다. 그러나 내게 중요하고도 마음을 편하게 해주는 것은 이 산책을 통해서 내가 하루를 처음부터 끝까지 하느님의 손에 맡긴다는 사실이다. 그러면서 나는 경건한 생각만을 하는 게 아니라, 때로는 나를 화나게 하거나 걱정하게 하거나 또는 기쁘게 하는 사건에 몰두하기도 한다. 그러나 이 규칙적인 산책과 산책로, 그리고 기도는 내게 힘의 원천이 되었다.

검은 양도 기도할 수 있다

하느님 체험

기도는 성애의 성격을 지니고 있다. 그것은 정말 하느님과 애무하는 행위이기 때문이다. 한 사람을 진정으로 사랑하고 그 사람에 의해 자신의 몸과 영혼이 모두 받아들여졌다는 느낌을 받을 때, 그에게 내 모든 사랑을 내보여주면서 그와 애무할 때, 그때 뭔가 매우 기이한 일이 일어난다.

하느님과 애무하기

한 대학생이 언젠가 내게 이런 말을 한 적이 있다. "기도는 하느님과 애무하는 것입니다."

이 말은 사람들이 듣기에 어쩌면 터무니없고 선정적으로 들릴지 모른다. 그러나 나는 성애와 성행위에 대한 경험과 기도 사이에는 상응하는 부분이 있다는 걸 확신한다. 기독교 신비주의 전통에서 큰 궤적을 남긴 남자들과 여자들은 마음을 다 바친 기도를 표현할 때, 흔히 사람들이 성적인 교감 속에 완전히 몰입해 있는 체험을 묘사할 때 사용하는 동일한 표현으로 기술했다. 헬프타의 게르트루트Gertrud von Helfta나 막데부르크의 메히트힐트Mechthild von Magdeburg 또는 아빌라의 위대한 성녀 테레자Teresa von Avila 등이 말한 '신비적 결혼'이 그 한 예다.

기도할 때 느끼는 것은 성행위를 할 때 느끼는 것과 거의 동일하다. 심지어 이렇게까지 말할 수 있을 것 같다. 성생활을 자신의 삶 속에 통합하지 않은 사람은—어떤 방식으로 사는 사람이든 상관없이—기도를 할 수 없다고. 인간은 이 두 가지를 다 필요로 하는 것이다.

다양한 형식을 지닌 기도, 특히 몸과 마음으로 하는 기도는 하느님에게 나를 완전히 맡기는 하나의 표현이다. 몸을 경멸하는 사람은 이로써 자신의 영혼에 손상을 입힌다. 그 반대도 마찬가지다. 몸과 마음이 함께 기도할 때 이 둘 사이의 상호작용은 더 뚜렷하게 드러난다.

기도는 성애의 성격을 지니고 있다. 그것은 정말 하느님과 애무하는 행위이기 때문이다. 한 사람을 진정으로 사랑하고 그 사람에 의해 자신의 몸과 영혼이 모

검은 양도 기도할 수 있다

두 받아들여졌다는 느낌을 받을 때, 그에게 내 모든 사랑을 내보여주면서 그와 애무할 때, 그때 뭔가 매우 기이한 일이 일어난다. 시간은 화살처럼 날아가고, 몇 시간이 그대에겐 순간처럼 여겨지고, 시간과 공간은 그 의미를 상실한다. 자신이 타인에게 완전히 몰입해 있으며 가슴과 몸은 '바로 지금 여기에' 있다.

육체와 영혼이 실린 진정한 기도도 마찬가지로 공간과 시간의 의미를 앗아간다. 그것들은 서로 녹아들어 하나가 된다. 그리고 기도하면서 보내는 시간들을 짧은 행복의 순간처럼 느낀다. 이는 사랑하는 한 사람과 몰입의 상태에서 애무할 때 내 안에 있는 느낌과 비슷하다.

성 베네딕트는 기도는 간결하고 순수해야 한다고 말했다. 그렇기에 우리는 기도를 할 때 정성을 기울이고 신중해야 할 것이다. 사람과의 관계에서처럼 하느님과의 관계에서도 불필요한 수다, 무의미한 지껄임이 많이 있다. 그러면서 사람에게처럼 하느님에게도 때로는 격의와 예의에 어긋나는 행동을 한다. 성 베네딕트는 말을 많이 할 때 죄를 피할 수 없다는 것을 알고 있었다. 이는 분명 경건한 언설에도 해당되는 말이다. 하느님은 자신의 모든 은총과 사랑을 우리가 깨닫게 하기 위해서 마음과 눈과 귀를 우리를 향해 열고 있다. 기도 자체가 이러한 하느님의 선물인 순수함과 정결함을 필요로 한다. 정결하고 순수한 마음으로 기도한다면 몸짓과 신호와 말 또한 순수하고 정결해진다. 그러면 우리가 내심 품고 있는 그 어떤 속셈을 의식하게 될 것이고, 때로 기도를 통해서 빨리 도달하고자 하는 우리의 계획들을 간파할 수 있다. 그리고 어쩌면 그것들을 버려야 할지도 모른다. 산상복음에서 예수는 말했다. "마음이 순수한 자들은 복이 있느니, 저들은 하느님을 보게 될 것이기 때문이라."

이 정결하고 순수한 마음은 '초강력 표백제'로 하얗게 만들어 연화제로 헹궈진 깨끗한 심장이나 죄 없는 마음 그 이상의 것이다.

몸과 영혼으로 기도하는 인간의 '정결한' 마음은 비워진 마음이다. 하지만 이 비어 있음은 절망적인 공허함이 아니라 하느님에 의해서 채워질 희망의 공간이다.

우리가 기도하기를 원한다면, 매일매일 가득 채워지

검은 양도 기도할 수 있다

는 일상의 잡동사니로부터 마음을 자유롭게 만드는 것
이 좋다. 기도와 하느님과의 대화는 언제나 복잡한 것
과는 거리가 멀다. 그것은 지극히 평범한 두 사람의 대
화와 같은 것이다. 우리는 기다란 희망 목록과 충족되
어야 할 일상의 많은 탐욕 쓰레기를 적어논 희망사항
쪽지를 들고서, 우리가 산타클로스로 만들어버린 하나
님에게 떼를 쓴다. 끊임없이 새로운 소망과 간청은 우
리의 가슴을 비우지 못하게 만든다. 그러나 충만함이
그렇듯, 비어 있음 역시 마찬가지로 선물이다. 순수한
마음으로 기도하는 사람은 자신의 소망이 이루어지는
데 그다지 신경 쓰지 않으며 전적으로 하느님에게 성
공과 행동을 맡긴다. 그러기에 큰 소리로 기도할 필요
가 없으며 아주 조용히 있을 수 있는 것이다. 그는 자기
자신과 자신의 낙담과 고통을 누구보다 잘 알고 있다.

　이러한 경험은 한 사람을 온전히―즉 모든 감정과
모든 생각, 그러니까 육체와 정신 전체를―받아들이
는 충족된 성행위에서도 그대로 나타난다. 성행위와
마찬가지로 기도의 삶 또한 우선은 느리고 조심스러운
감촉 행위로부터 시작되는데, 이를 통해서 서서히 신

하느님 체험

뢰가 형성된다. 인간의 기본 행위인 성행위와 기도는 상대방의 민감성에 의존한다. 말은 종종 도움이 되기보다는 일을 그르치는 경우가 더 많다. 그러나 입을 꼭 다물고 있는 것은 재잘거리는 것만큼이나 일을 망칠 수 있다.

그러나 성애가 그저 타인에게 자신의 욕구를 충족시키도록 강요하는 태도가 되는 데 그친다면, 그것은 특정한 상태를 만들어내기 위해 하느님을 협박하는 기도와 마찬가지로 변태적인 것이 된다. 유익한 성애는 기도와 마찬가지로 몰입을 필요로 하고 서로에게 조심스럽고 사랑스럽게 대해야 하며 그러한 은밀함을 위한 공간을 필요로 한다.

사람들이—기도를 하든 성행위를 하든—자신이나 타인의 경계를 침범하는 곳에서는 언제나 관계가 위태롭게 된다.

사람들은 종종 독신자들이 육체적인 성애 없이 살 수 있다는 것을 비웃거나 이해하지 못한다. 그러나 기도에서 충족감을 얻는 것은 성행위와 성애에서와 아주 유사하다. 물론 몸과 마음을 다 아우르는 깊은 기도가

검은 양도 기도할 수 있다

―성행위의 체험을 넘어서서―하느님과의 관계에서
강도 높은 체험을 하기 위한 선물이라는 사실을 자신
의 경험인 양 이해하는 일은 결코 쉽지 않다. 하지만 어
느 종교에 속하는 성직자든 남녀를 불문하고 그들은
이것을 알고 실행하고 있다. 거기에 필수적인 것은 규
칙성과 리듬, 육체에 대한 의식, 그리고 매일매일 훈련
하려는 노력과 열심이다.

하루 종일 꽉 짜여진 일정 속에서 옥죄인 CEO

매니지먼트 트레이너들은 좋은 CEO가 되려면 그때그
때의 현안과 관련된 문제와 결정 사항들에 충분히 시
간을 할애해야 하는데 그러기 위해선 하루 일과를 계
획할 때 일정의 50%만 잡아놓아야 한다고 권고한다.

비록 실천에 옮기는 건 아주 어렵다 할지라도, 경영
및 조직구조를 책임지고 있는 사람이라면 누구나 이
말이 맞다는 걸 알고 있다― 조사를 통해서 밝혀진 바
로는 넘치도록 꽉꽉 채워진 일과표를 가지고 일하는
CEO는 현명하게 계획을 수립할 수 없고, 조직적 업무

하느님 체험

를 수행하거나 긴급한 사안을 세심하게 처리해 낼 수
도 없다고 한다. 무질서한 조직의 경영자는 회사의 경
영은 물론 직원들에게 손해를 가져오고, 필요한 계획
수립과 결정을 지연시키거나 아예 방해가 되기도 한
다. 이런 CEO나 책임자는 사업장의 분위기를 망치고
사업상의 효율을 이루지 못한다.

이 통찰이 노동과 직업 이외의 생활에도 적용될까?
언제든 나머지 시간을 활용하기 위해 여유를 두어 주
어진 시간의 50%만을 일과 계획에 할애하는 사람이 있
다면 그는 '좋은 사람' 일까?

누구나 어떻게 해야 자기의 시간을 지혜롭게 할당할
수 있을지를—그리고 예상치 못한 문제들에 할애할
시간이 충분히 남아 있는지를—냉정하게 자문해 볼
수 있다. 그리고 자신에게 이런 질문을 던져볼 수 있
다. CEO로서 나는 자신에게 어떻게 행동하고 있는가?
완전히 꽉 짜여진 일과 속에서 살고 있는가?

어린아이들은 학습으로부터 오는 스트레스를 학교
에서 경험한다. 이른바 유용한 일정들을 잔뜩 끌어안
고 일과 속에 완전히 묻힌다. 그리고 우리는 친구나 지

인들 사이에서도 흔히 이런 말을 듣는다. "미안하지만 시간이 없어. 스케줄이 꽉 찼어." 심지어 자기 자신까지도 거기에 걸려들고 만다. "빈 시간이 없어."

이런 상태가 너무 오래 지속될 때 몸과 마음은 조직의 무질서 속에 함몰되고 만다. 우리 내면의 '사업장 분위기'는 손해를 입고 우리는 더 살고 싶지 않거나 아예 살아갈 수가 없다. 그래서 매니지먼트 트레이너들의 충고는 사적인 생활에도 적용될 수 있다. "좋은 CEO는 주어진 시간의 50%만 하루 일과에 할애한다. 나머지 시간에 그는 눈앞의 현안에 신경 쓴다."

이 원칙은 또한 기도와 이로부터 맺어지는 하느님과의 관계에도 적용된다. 대부분의 사람들은 자신의 영적이고 정신적인 삶에 시간을 내지 않는다.

현명한 사람이라면 누구나 자신의 몸과 영혼과 정신을 위해서 무엇인가를 해야 한다. 기도할 시간이 아예 없는 사람은 머지않아 자신의 영혼을 위해서, 그리고 결국에는 먹고 마시는 것을 위해서도 더 이상 시간이 없게 될 것이다. 그렇게 되면 사람은 오직 커다란 기계 속의 톱니바퀴와 다를 바 없이 작동될 뿐이다.

하느님 체험

그렇기 때문에 하루에 단 몇 분이라도 정신적인 훈련을 위해서 시간을 내는 것은 중요하다. 좋은 CEO가 되기를 원하는 사람은 육체는 헬스클럽에 처박아놓고 영혼은 정신과 의사나 심리치료사에게 맡겨두기만 해서는 안 된다. 그는 자신의 정신적이고 종교적인 삶을 위해서도 무엇인가를 해야 한다. 그것은 육체적이고 정신적인 평안을 위한 원천이다. 질병은 종종 영적인 삶에 장애가 있거나 또는 그 자체가 아예 없을 때 생긴다.

'자유로운' 시간에 피조물에 관해서 생각에 잠기든, 묵주기도를 드리거나 시편의 구절을 읽든 아니면 명상 수업을 받든, 기도를 드리는 데 몰입하거나 숲으로 산책을 가든, 구체적으로 무엇을 하는가는 본질적이지 않다.

무엇보다 중요하고 결정적인 것은 종교적 체험을 하려고 하는 것, 그리고 신앙을 가진 사람들이 통상 하느님이라고 부르는 초월적인 실재를 느껴보려고 하는 것, 바로 그것이다.

검은 양도 기도할 수 있다

자격이 없어

그녀는 이혼 신청을 하기로 단호히 결심했다. 남편과의 관계에서 더 이상 대화의 여지가 없었다. 남편은 마지막엔 그녀를 속이기까지 했던 것이다. 그가 다른 여자와 얼마나 오랫동안 관계를 가졌는지는 알 수가 없다. 친구들과 상담자들은 그녀에게 이혼을 권했다. 희망이 없다는 것이다. 그리고, "그는 너와 다시 한 번 새로 시작해 볼 자격이 없어."

한 사내아이가 슈퍼마켓에서 또다시 도둑질을 했다. 교사와 부모는 어찌할 바를 몰랐다. 교육상담자들도 할 수 있는 모든 걸 다 해보았다. 여러 가지 테스트를 해보았고, 갖가지 치료 방법도 동원했다. 그런데 다시 일이 일어나고 만 것이었다. 고소는 취하되지 않았다. 또다시 도둑을 맞는 위험 부담을 안고 싶지 않았던 것이다. "그 아이는 우리에게서 다시 한 번 기회를 얻을 자격이 없어." 피해를 본 쪽의 말이었다.

사장이 한 직원에게 과외로 다른 일을 하는 걸 용납하지 않을 것임을 여러 차례 경고했다. 그런데 지금 이 남자 직원은 '병가'를 내고는 그 시간에 심지어 과외

하느님 체험

일을 하기까지 했다. 경제단속경찰이 그를 적발했다. "이 친구는 자신의 일자리를 계속 틀어쥐고 있을 자격이 없어." 사장의 말이었다. 그리고 동료직원들 또한 같은 생각이었다.

어떤 사람이 자기 자신만을 위한 삶을 살았다. 그것도 정상적이라기보다는 오히려 나쁜 삶을 살았다. 그의 결혼생활은 파경에 이르렀다. 자동차 사고를 일으켜 사람을 죽게도 만들었다. 아이들은 그에게서 등을 돌렸다. 그후 그는 술을 마셨다. "그는 하늘나라에 올 자격이 없다" 하느님의 말씀이었다. "그러나 난 그에게 그럼에도 불구하고 자리를 마련해 줄 것이다. 왜냐하면 사람은 사랑을 거저 받는 것이지 자격이 있어서 받는 게 아니기 때문이다."

당신은 돈을 벌 수는 있다('번다'는 뜻의 독일어 단어는 verdienen이다. 그런데 이 단어는 위의 단락들에서 계속 사용된 '자격이 있다'는 뜻이 되기도 한다. 두 의미는 이 단어가 사용되는 문장의 의미맥락 속에서 구분되어 이해할 수 있다. 그럼에도 불구하고 결국에는 한 단어이기 때문에 이 글의 저자처럼 이 단어

검은 양도 기도할 수 있다

를 말놀이의 형식 속에서 사용하며 자신의 메시지를 전달한다. 그러나 안타깝게도 이 말놀이의 뉘앙스를 우리말로 그대로 담을 수가 없다. 두 개의 의미를 다 함축하는 하나의 단어가 우리말에 없기 때문이다 : 옮긴이). 일이나 문제에 공헌할 수는 있다. 악착같이 일을 하는데도 당신은 실패만 끊임없이 되풀이할 수 있다. 아무리 안간힘을 쓴다 해도 삶과 사랑은 벌 수 있는 게 없다. 당신은 삶과 사랑을 자기에게 선물로 주도록 만들어야 할 것이다. 받을 자격이 전혀 없다 할지라도 하느님은 삶과 사랑을 당신에게 선물로 주는 사람들을 있게 만들어주었다.

기도로도 사람은 전혀 '벌어들일' 수가 없다. 사람들이 대개 기도를 많이 할수록 하느님으로부터 더 많은 사랑과 은총을 입는다는 그릇된 생각을 갖고 있다. '번다' 는 말은 이러한 사고 방식을 장사에 근접시킨다. 왜냐하면 벌이는 이전에 이룬 것에 대한 보상이기 때문이다. 하느님의 은총은 자격이 있어서 벌 수 있는 게 아니다. 그것은 그냥 있는 것이다.

인도의 한 현인이 이런 질문을 받은 적이 있었다. "왜 명상을 하십니까?" 그의 대답은 이랬다. "나는 해

하느님 체험

가 떠오를 때 깨어 있기 위해서 명상을 합니다.”

‘명상하다’는 말은 ‘기도하다’는 말로 대체할 수 있다. 둘은 결과적으로는 같은 의미를 지닌다. 자신의 기도의 능력으로 하느님을 만나거나 그의 은총을 받는 것을 강요할 수 있는 사람은 없다. 기도는 자신만을 위한 훈련이다. 기도의 의미는 결국 이것이다. 우리를 하느님의 움직임에 따라 움직이게 해놓음으로써 우리 마음을 하느님에게 향하게 맞춰놓는 것. 기도할 때 우리의 영적인 방향 안테나를 하느님에게 맞춰놓는다. 그것이 바로 기도의 의미와 목표다. 하느님의 사랑으로 나타나는 즉각적인 반대급부가 기도의 의미나 목표는 아니다. 하느님은 차변과 대변에 금액을 계산해서 기입하지 않는다.

끊임없이 기도를 훈련함으로써 우리는 하느님과 만날 수 있다. 그것은 선물이지 반대급부가 아니다. 기도 자체는 역량을 발휘해서 성과를 내는 게 아니라 하느님과의 관계를 만들어내는 기능을 가지고 것이다.

아무것도 보이지 않아요!

부사제는 교회의 어린아이들에게 예수의 부활과 예수가 인간 사이에 있다는 사실의 비밀을 설명하려고 안간힘을 쓰고 있었다. 그는 아이들에게 부활제의 초를 보여주었고 부활절 전야에 생명의 상징으로서 축복된 물을 보여주었다. 그는 예수가 말씀과 더불어 사람들 사이에서 살아 있다는 것을 아이들에게 이해시키기 위해서 커다란 복음서를 높이 들어올렸다. "그분은 살아 계십니다. 그분은 부활하셨습니다. 그분은 우리 가운데 계십니다." 부사제의 말이었다.

한 어린아이가 회중석의 여섯 번째 줄에 아빠와 함께 앉아서 사람들의 머리와 어깨너머로 앞쪽을 바라보고 있었다. "여러분은 예수를 볼 수 있습니까?" 부사제가 물었다. "그리고 여러분은 그것을 믿을 수 있습니까?"

"아무것도 보이지 않아요!" 아이가 아빠에게 말했다.

큰 물건이나 사람들이 앞을 가로막고 있을 때 그리고 생생한 현실을 스스로 체험할 수 없을 때, 그때는 누구도 어떤 것을 보고 믿을 수 없다. 그 누구도 말로만 배가 부르기를 원하지 않는다. 저마다 실제로 먹고 마시기를 원한다. 삶을 실제로 경험하지 않을 때 우리는 볼 수도 없고 믿을 수도 없다. 자신이 사람들로 빽빽이 들어찬 예배당의 회중석 여섯 번째 줄에 앉아 있는 아이와 같다는 생각을 할 때가 흔히 있을 것이다. 사람들, 자기 삶의 이야기, 우리의 불안, 희망과 실망이 시야를 가로막을 때처럼. 살아 있는 그리스도를 보기 위해 눈앞의 시야가 확 트여 있기를 우리는 소망한다. 그렇지만 매번 우리의 갈 길을 가로막고 삶을 자주 힘들게 만드는 많은 사람과, 일의 한가운데 서 있는 자신을 되풀이해서 발견한다.

회중석 여섯 번째 줄에 앉아 있던 아빠는 아이를 끌어안으며 머리를 쓰다듬어주었다. 그 순간에는 아이가 앞쪽에서 무엇인가를 볼 수 있는지 또는 볼 수 없는지 전혀 중요하지 않았다. 중요한 것은 아이는 오직 아빠가 곁에 있다는 걸 체험한다는 것뿐이다.

이런 체험이 신앙의 시작이다.

일상에서 뛰쳐나와 기도하는 사람이 처하게 되는 상황은 이 어린아이의 상황과 같을 때가 자주 있다. 옴짝

검은 양도 기도할 수 있다

달싹 못하고 직접적인 체험으로부터 차단되어 있는 경우인 것이다. 우리는 종교적 체험에 관해서 많은 얘기를 듣지만, 정작 자신은 그것을 느끼지 못한다. 우리는 말을 듣기는 하지만 직접적인 경험은 못 하는 것이다. 우리를 붙들고 움직이게 하며, 우리를 품안에 편안히 보호해 주는 하느님에 관해서 사람들은 이야기하면서 이를 경험하기 위해서는 기도를 해야 한다고 말한다. 그러나 우리는 단지 극장의 스크린에 나타나는 걸 보듯이 이런 일들이 일어나는 것을 볼 뿐이기 때문에 거기에 직접적으로 참여하지는 않는다.

기도에서 종교적인 영상들이 단지 머릿속에만 있고 삶에 직접적으로 영향을 미치지 않을 때, 기도의 샘에 점점 물이 줄어들 위험이 처한다. 종국에는 완전히 고갈되고 만다. 사람들은 기도에 너무 많은 기대를 걸고 있다. 그들은 자주 인용되는 하느님 체험에 관한 이야기가 자신이 기도할 때에 그대로 나타난다고들 말한다. 그들은 기도를 TV 속의 긴장감 도는 범죄영화처럼 생각한다. 그러나 그것은 환상이다. 기도 속에서 사람은 자기 자신을 체험하지만, 다른 사람들과의 관계 속에서나 하느님과의 관계 속에서도 사람은 자기 자신을 체험한다.

기도 속에서 하느님을 체험하는 것이, 언제나 하느님이 내게 가까이 있음을 경험하는 것일 필요는 없다. 기도 속에서 하느님을 체험하는 것은 하느님이 멀리 있음을 의미하는 것이기도 하다. 이 또한 하느님과 우리가 맺고 있는 관계의 형식이다. 그리고 이 관계는 인내를 요구한다.

가까이 있음과 멀리 있음, 혼자 있음과 함께 있음, 희망과 슬픔, 행복과 불안, 이 모든 것을 경험하는 일은 속성집중강좌에 등록해서 익힐 수 있는 것이 아니다. 기도는 마침내 무엇인가를 보고, 예감하고, 느낄 때까지 오랜 시간이 걸릴 수 있는 끈기 있는 훈련이다. 거기에서 누군가 손을 잡고 인도해 준다면 도움이 되는 경우가 자주 있다. 아무것도 보지는 못했지만 좋은 애정의 체험을 할 수 있었던 저 어린아이 곁에 있는 아빠 같은 사람처럼.

검은 양도 기도할 수 있다

매듭을 기도의 카펫으로 만들기

몇 주일 전에 나는 소포 하나를 받았다. 그것은 잘 포장되어 끈으로 묶여 있었다. 그러니까 매듭을 많이 지어서 단단히 묶은 소포였다. 처음에 나는 이 '프리지아 왕 고르디우스의 매듭'을 알렉산더 대왕이 사용했던 검은 아니지만 그냥 가위로 단번에 끊어버릴까 하고 생각했었다.(그리스 신화에 프리지아의 왕 고르디우스에 관한 이야기가 있다. 만지는 모든 것이 금이 된다는 미다스 왕의 아버지인 고르디우스는 왕이 된 뒤 자신을 왕으로 만들어준 마차를 신전에 묶어 제우스에게 바쳤다. 마차를 묶은 매듭은 매우 복잡했다. 훗날 사람들은 이 매듭을 푸는 자가 아시아를 지배하게 될 것이라고 믿고 수많은 사람이 시도를 했으나 아무도 성공하지 못했다고 한다. 그러다 알렉산더가 페르시아 원정 중 프리기아에 도착해서 그 소문을 듣고 이 매듭을 단칼에 절단했다. 그 뒤부터 '고르디우스의 매듭을 풀었다'는 말은 '난해한 문제를 해결했다'는 의미로 사용되었고, 알렉산더가 이 매듭을 풀었다는 말은 난제의 쾌도난마식 해결을 비유하는 표현으로 사용되게 되었다 : 옮긴이).

그때 마침 우리 할머니가 생각났다. 할머니는 언제

하느님 체험

나 소포를 받으시면 매듭 하나하나를 힘들여 조심스레 풀어서 그 끈을 보관하셨다. "언제든 필요할지 모르거든." 할머니가 하신 말씀이었다. 시간이 있었기 때문에 나도 힘들여 소포에 묶인 27개의 매듭을 끈기 있게 풀었다. 그것은 일종의 성공 체험이었다. 그리고 끈은 온전히 남게 되었다.

그저께 한 여자 환자가 나를 찾아와서는 아주 불안해하며 말했다. 의사가 그녀의 젖가슴에 결절(매듭)이 있음을 확인했다고 했다. 그녀는 지금 당장 정밀검사를 받으러 가야 하며 어쩌면 그 매듭은 도려내어지게 될지도 모른다고 말했다. 그녀는 그 결절(매듭)이 양성인지 아니면 악성인지 모르기 때문에 불안해했다.

어제 나는 오스트리아 고속도로에서 다음 고속도로를 예고하는 한 표지판에 이런 게 적혀 있는 걸 봤다. '잘츠부르크 분기점(매듭)-5킬로미터' 또 하나의 매듭이었다.

첫 번째 매듭은 내게 끈기 있고 세심하게 매듭을 풀곤 하셨던 할머니에 대한 기억을 떠올리게 해주었다.

검은 양도 기도할 수 있다

두 번째 매듭은 두려움을 갖게 하는 것이었다. 그리고 세 번째 매듭은 하나의 길이었다.

매듭은 연결에서 생겨난다. 너무도 많은 실 가닥이 엉켜서 뭉쳐지는 경우에는 풀기가 힘들거나 아예 풀 수조차도 없는 매듭이 생기게 된다. 또한 아주 복잡한 결합관계들, 인상들, 경험들 그리고 사건들도 매듭을 만들게 되는 경우가 자주 있다. 과격한 조치나 절단이 그걸 푸는 일이 될 수는 있지만, 그런 다음엔 다시 새로운 매듭이 만들어질 위험이 있다. 오직 세심하고 주의 깊게, 인내심을 갖고 풀 때에만 그 매듭은 길과 가능성 그리고 새로운 연결이 될 수 있다.

매듭은 많은 연결이 서로 모여 만나는 교차점, 그러니까 대개의 경우 한눈에 전체를 내다볼 수 없는 부분이다. 매듭은 어떤 연결을 끝낼 수가 있지만, 또한 새로운 연결이 시작될 수도 있다. 이는 끈과 도로, 몸의 세포와 인간관계에도 마찬가지로 적용된다. 가끔 매듭 속에서 모든 것이 완전히 뒤죽박죽이 되는 경우엔 알렉산더 대제가 단칼에 베어버렸듯이 잘라버리는 일 말고는 더 나은 방도가 없게 된다. 그러나 정상적인 상황이라면 매듭을 지켜보고 나서 그것을 부드럽게 풀어내는 것이 더 현명하다. 그렇게 하고 나면 그 끈은 다시 뭔가 의미 있는 행동을 할 수 있는 것이 되어 보존할 수 있다.

인생에서는 매듭짓기와 연결하기를 통해서 새로운 관계들이 만들어질 수 있다. 매듭은 교차점에서 방향을 바꿔 새로운 길로 들어설 수 있는 기회를 우리에게 제공한다. 매듭 속의 연결과 관계들을 꿰뚫어보고 이해하게 될 때, 그것은 새로운 가능성을 열어주는 것이다. 고속도로 분기점에서도 한 사람의 인생에서와 다를 바 없다. 부인의 젖가슴에 생겼다고 하는 결절(매듭)은 그녀에게 자신의 인생에서 무엇이 매듭으로 꼬여져 있는지 그 단서를 줄 수 있다. 그리고 그것은 그녀가 다시 건강해지기 위해서 새로운 방향으로 길을 잡아 자신의 인생행로를 변경할 수 있음을 의미하기도 한다.

사람들은 끊임없이 이런 매듭들에 직면해 있다. 그것들이 인생에 버팀목이 될 수 있지만 위험 요인이 될 수도 있다.

검은 양도 기도할 수 있다

　기도는 매듭을 풀 수 있는 하나의 가능성이다. 기도할 때 자신이 맺고 있는 관계의 가닥들을 의식하고, 연결되어 있는 상태를 명료하게 보며, 뒤엉켜 있는 것을 정리할 수 있다. 육체적이거나 정신적인 또는 마음속에 있는 매듭 앞에 서 있는 사람은 기도 속에서 그것을 풀려고 노력할 수 있다. 그 일은 자주 힘이 들고, 많은 신중함과 인내를 요구한다. 그러나 매듭을 느슨하게 해서 풀어내는 일은 가야 할 길에서 겨우 반만 온 것에 지나지 않는다. 왜냐하면 문제 해결은 자신의 행동과 다른 사람들이나 하느님과의 관계에서 새로운 걸음을 요구하기 때문이다.

　삶은 제각기 뭉쳐 있는 한 더미의 매듭이다. 기도는 이러한 매듭층으로부터 뒤엉킨 실뭉치가 되는 게 아니라—매듭이 하나씩 하나씩 포개지고 이어져서—무늬와 색깔이 서로 조화를 이룬 하나의 상징적인 삶의 카펫으로 짜여지게 도움을 줄 수 있다.

　많은 종교에서 신도들을 각기 자신의 내면으로 돌아가게 해주는, 즉 기도로 초대하는 기도의 카펫이 있다는 말은 그래서 결코 우연이 아니다.

하느님 체험

짱이야!

겨울 초입 몬드제Mondsee(몬드 호수)에서 우리에게 고통과 슬픔을 가져다준 비극적인 참사가 일어났다. 두 명의 여학생이 얼음처럼 미끄러운 도로 위에서 차를 타고 가다가 차선을 일탈한 사건이었다. 자동차는 곤두박질치며 호수로 추락해 버렸고, 두 여학생은 얼음처럼 차가운 물속에서 익사했다.

그 사고를 당한 학생들이 다니던 학교는 그들이 사는 곳에서 15킬로미터 떨어져 있었다. 이 두 학생은 학교 주차장에서 막시밀리안이라는 이름의 급우를 만나 그에게 시험 준비를 하러 함께 집으로 가자고 제안했다.

함께 차를 타고 가다가 10킬로미터 정도 갔을까, 막시밀리안이 마음을 바꿔 장크트 길겐St. Gilgen에서 내려선 집으로 혼자 걸어갔다. 그는 장크트 길겐에 살고 있다. 자신이 왜 그렇게 했는지에 대해 그는 나중엔 더 말할 수가 없었다. 몇 분이 지난 뒤 죽음을 몰고 온 사고가 일어났다. 그가 자동차 안에 있었다면 그는 지금

검은 양도 기도할 수 있다

살아 있지 못했을 것이다.

나는 막시밀리안과 그의 가족을 아주 잘 알고 있다. 반년 전 그의 아버지는 비극적인 사고로 목숨을 잃었다. 그 이후 나는 자주 그와 긴 대화를 나눴다. 새로 이 불행한 사고가 일어났다는 소식과 그 정황에 관한 얘기를 들었을 때 나는 그와 연락을 취하려고 했다. 집 전화와 그의 휴대폰으로 시도해 보았다. 그러나 연락이 되지 않았다. 나는 그에게 이메일을 보냈다. "괜찮으면 함께 얘기나 할까?" 아무런 답이 없었다.

며칠 뒤 산책을 하는 중에 우리는 '우연히' 길에서 만났다. 그는 혼자서 길을 가고 있었다. 멀리서 나는 그를 알아보았다. 백금색을 띤 그의 금발머리가 햇빛을 받아 반짝이고 있었다.

"어쩐 일이세요, 아 참, 메일 고맙게 잘 받았어요." 잠시 말이 없었다. 그리고 막시밀리안이 물었다. "같이 좀 걸어도 돼요?"

"물론이지, 나도 그러고 싶은데 잘됐네."

"사고에 관해서 들으셨죠? 전 정말 뭐가 뭔지 모르

하느님 체험

겠어요. 그런 기막힌 일이! 언제나 내가 대답할 수 없는 문제들만 생기니 말이에요. 처음에는 아버지한테 그런 일이 일어나더니, 그 다음엔 그 친구들이 당하고. 그 애들은 괜찮은 애들이었어요. 그런데 지금은 그 애들은 죽었어요. 그리고 전 살아 있고…… 왜죠?"

난 아무 대답도 해줄 수가 없었다.

"왜 그런 일이 일어나는 거죠? 늙고 병들어 죽는 건 괜찮아요. 그건 이해할 수 있어요. 물론 좋지 않은 일이긴 하지만 그건 어쩔 수 없잖아요. 하지만 그 친구들은 아직 어리고 생기발랄했는데. 왜 그 애들이 죽어야 했죠?"

난 어떤 대답을 해야 할지 몰랐다.

"그건 운명이에요, 아니면 우연히 그렇게 된 거예요? 아니면 벌을 받은 거예요? 오히려 제가 그 애들보다 나은 것도 없어요. 왜 그런 일이 일어난 거죠?"

난 어떤 대답을 해야 할지 몰랐다.

"인생이 기막히지 않아요? 왜 나는 아직 살아 있죠? 내가 왜 그 애들 차를 타고 갔는지 모르겠어요. 그리고

검은 양도 기도할 수 있다

왜 다시 내렸는지도 모르겠구요. 무엇이 날 보호해 준 거죠? 도대체 무엇이 날 도와준 거죠? 하느님이었을까요? 그런데 그 양반은 나는 보호해 주면서 왜 그 친구들은 보호해 주지 않은 거죠? 하느님은 왜 그런 일이 일어나는 걸 내버려두죠? 그 양반이 정말 있다면 왜 개입하지 않는 거죠? 난 그 애들보다 나을 게 없는데. 난 교회에도 거의 가지 않아요. 크리스마스와 부활절에나 갈까. 그때 교회에 간 것 때문에 살아 있는 건 아닐 거예요. 아니면 혹시 그래서 그런 거예요?"

난 이 모든 왜라는 질문을 이해할 수는 있었지만, 그 중 어느 하나에 대해서도 대답할 수가 없었다.

"전 혼자서 물어봐요, 왜 나는 살아남았냐고, 왜 나는 아직도 살아 있는 거냐고 말이에요."

나는 답할 수 없었다.

"어쩌면 미친 짓일지 모르고 믿지도 않으실 테지만, 전 매일 한 번씩 기도를 해요. 사실 그건 진짜 기도는 아니에요. 이런저런 모든 일을 다 털어놓는 그런 건 아니에요. 그저 생각만 하는 건데, 그것도 몇 초만……. 제 방문 안쪽엔 그림이 한 장 걸려 있거든요. 언젠가 제

하느님 체험

가 직접 그린 거예요. 뭘 그려놓은 건지조차 정확히 말할 수는 없어요. 아마 그냥 제 느낌을 담은 걸 거예요. 태양과 물, 그저 그런 것들. 그런데 아침에 방에서 나오면서 그 그림을 쳐다보면서 생각을 해요. 아니 그냥 딱 떠올라요. '하느님, 당신이 날 하루 종일 지켜주는 거, 그건 짱이에요.

전 그렇게 생각하고, 실제로도 그렇다는 것도 믿고 있어요. 하지만 그것은 분명 제대로 된 기도는 아니에요. 그리고 제가 그것 때문에 이렇게 살아 있게 되었다고도 믿지는 않아요. 무엇보다도 그건 그다지 멋진 기도가 아니고, 그리고 어쩌면 그 두 친구들도 기도는 했을 테고, 그럼에도 불구하고 죽었으니까요."

"하느님이 널 지켜달라고 기도한다는 말이지?"

"아뇨, 꼭 그렇진 않아요. 그분에게 그렇게 해달라고 기도하는 건 아니에요. 그분이 그냥 그렇게 하고 있는 게 짱인 것 같아요. 전 그렇게 생각해요."

"그분이 너를 하루 종일 지켜주고 있다는 것 말이니?"

"예."

검은 양도 기도할 수 있다

"일주일 내내?"

"예."

"일 년 내내?"

"예."

"일생 동안?"

"예."

"죽을 때까지, 그리고 죽고 나서까지?"

"그렇다니까요. 근데 뭘 알고 싶으신 거예요?"

"난 네가 하느님이 사고를 당할 때나 죽을 때 또 죽고 나서도 널 지켜주신다는 것을 믿는지 묻고 싶은 거야."

"음, 그러니까 하느님은 언제나 있고, 이 기막힌 일에서도 절 지켜준다는 걸 믿느냐, 이거죠?"

"내 생각엔, 네가 그렇게 기도하고 또 그렇게 생각하고 있고, 실제로도 그렇게 하고 있는 것 같은데."

곰곰이 생각하다가 그는 말했다. "그러니까 제가 하느님이 절 항상 지켜주고 있다고 생각하고 있는 것 같다구요? 음, 저도 그렇다는 건 지금까지 모르고 있었어요. 그분이 나와 모든 사람을 그렇게 지켜주고 있다고

하느님 체험

생각하세요? 착한 사람 악한 사람 가리지 않고 온 세상을요?”

“그래.”

“그리고 불행한 사고가 일어나서 그들이 죽는다 해도 그들을 지켜준다는 말씀이세요?”

“그래.”

“무슨 일이 일어나든 상관없이 말이죠? 사람들이 죽는다 해도, 또 죽음을 넘어서도 언제나 어디에서든 그들을 지켜준다는 말씀이에요?”

“그래.”

“그런데 그분은 왜 그렇게 하는 거죠?”

막시밀리안은 자신의 ‘왜라는 질문’ 에 대해 더 이상 그 어떤 대답도 기대하지 않았다. 그는 내가 답을 줄 수 없다는 것을 깨닫고 있었던 것이다. 그런데 내가 대답을 했으니, 그것도 이런 대답을 했으니 그로서는 더 놀랄 수밖에 없었다.

“왜냐하면 그분은 짱이기 때문이야.”

막시밀리안은 나를 쳐다보았다. 그의 얼굴에선 경이감, 놀라움, 기쁨, 고통, 깨달음 그리고 의아해하는 표

검은 양도 기도할 수 있다

정이 동시에 나타났다. 그런 다음 그가 중얼거렸다. "그분은 그래요. 사실·그래요. 하지만 그게 맞는지 전 알 수가 없어요."

한참 후에 우리는 헤어졌다. "안녕히 가세요! 그리고 사랑의 하느님을 교회에서든 그 밖의 어디서든 만나게 되면, 제가 안부를 여쭀다고 전해 주세요."

나는 젊은 세대에 속하지 않는 사람이기에 "짱이야" 라는 말을 접하며 어느 정도는 어이가 없었던 게 사실 이다. 아니 적어도 의아했다. 이를 두고 생각하면서 나 는 요즘 들어 특히 자주 듣게 되는 이 말에 대한 설명을 한번 알아보자고 마음먹게 되었다.

난 몇 명의 청소년들에게 이 말이 도대체 무엇을 뜻 하는지를 물었다.

그들이 내게 몇 가지 설명을 해주었다. 그건 '최고, 쿨, 멋있어, 굉장해, 잘됐어, 신나는, 흥미 있는, 그저 좋기만 해' 정도를 의미한다고. 그들은 이 말에 대해 더 많은 다른 설명이 있지만, 말로 표현하는 건 그렇게 쉽지 않다고 그건 그냥 체험해 봐야 하는 것이라고 내

267

게 말했다.

내가 만약 하느님은 그냥 좋은 분이라는 뜻으로 이 말을 하느님에게 적용해서 사용한다면 물론 성서학자들과 성서 주석자들은 나를 아주 옳다고 보지는 않을 것이다. 많은 시편의 시에서 우리는 이 개념을 접한다. 그리고 많은 다른 기도에서도 그럴 것이다. 거기에서는 하느님의 선에 관해서, 전능에 관해서, 인간에게 친절하심에 관해서 말한다. 그리고 또 인간은 이 하느님이 자기를 지켜주고 자기를 위해 존재하기 때문에 감사한다는 것에 관해서 말한다.

나로서는 이 말이 일반적의 예배 언어 안으로 도입되거나 기도서에 도입될 것이라고는 상상할 수 없다. 그러나 나는 막시밀리안이 그 말을 사용하면서 뜻하고자 했던 것이 정확히 하느님과 관련된 사실에 그대로 맞아떨어진다는 것을 안다.

살려는 의지

한 아버지가 완전히 절망에 빠진 모습으로 나와 마주

검은 양도 기도할 수 있다

앉아 있었다. 그는 정말이지 십자가를 짊어지고 가야
할 처지였다. 그것도 혼자서가 아니었다. 키는 벌써 자
신의 머리 위로 자라버렸지만 '철딱서니 없기로는' 어
린아이와 다를 바 없는 딸아이를 데리고 십자가를 짊
어지고 가야 하는 상황에 처해 있었다.

거의 매주 같은 장면이 벌어졌다. "일요일 저녁부터
목요일 저녁까지 그 애는 절 모른 척하면서 그냥 고개
를 돌리고 맙니다." 이 아버지의 한탄이었다.

"제가 말을 걸면 그 아이는 등을 보입니다. 그 애는
아버지인 저뿐만 아니라 다른 사람들도 모두 무시해
버립니다. 함께 얘기를 하게 되면 전 대답을 듣는 일이
거의 없습니다. 그러나 금요일 아침에 그 아이는 마치
전혀 다른 아이로 돌변한 것처럼 행동합니다. 아양을
떨고 사정을 하기 시작하며, 오후에는 결국 제가 디스
코텍에 갈 돈을 주지 않고는 못 배기게 만들어놓고 맙
니다. 그런 다음 딸아이는 일요일까지 사라져버리고
없습니다."

나는 이 아버지와 마찬가지로 근심스레 고개를 절레
절레 저었다. 이 아버지를 이해할 수 있었기에 나도 약

하느님 체험

간은 그의 편을 들어주었다. 그러다가 이 아버지가 내게 물었다. "제 딸년이 얼마나 못돼먹은 앤지 상상할 수 있으시겠습니까?"

물론 그 아이가 어떤 아이고 무엇을 하는지 나는 상상할 수가 없었다. 그러나 난 이 아버지의 고통과 절망을 이해할 수 있었다.

누가복음 18장에서 예수가 하느님을 모르는 한 재판관과 한 과부에 관한 얘기를 했던 게 그 상황에서 떠올랐다. 이 재판관은 아무도 거들떠보지 않는 사람이었는데, 과부가 그에게로 와서 자신의 권리를 찾아달라고 간청했다. 하느님을 모르는 이 재판관이 말했다. "난 하느님을 두려워하지도 않고 그 어떤 사람도 거들떠보지 않는다. 그런데도 난 이 과부가 자기의 권리를 찾을 수 있도록 도와주려고 한다. 왜냐하면 그녀는 나를 가만히 놔두지 않기 때문이다. 도와주지 않을 경우 그녀는 마침내 내게 뺨까지도 갈길 것이다."

이 두 이야기는 동일한 인생의 단면을 그려 보여주고 있다.

사람들은 서로 아무런 관계를 맺고 있지 않다. 아버

검은 양도 기도할 수 있다

지는 딸과 관계를 맺고 있지 않고, 재판관은 과부와 관계를 맺고 있지 않다. 그들은 오직 서로에 대해 겁만 먹고 있고, 아니 어쩌면 분노까지 느끼고 있는 지도 모르며, 그들은 절망에 빠져 있다. 하느님 앞에서 경외감을 느끼지 않는 것과 하느님을 믿지 않는 것이 사람들과의 관계에 직접적인 영향을 미친다는 사실이 분명해지게 된다. 하느님을 믿지 못하고 그 앞에서 두려워할 줄 모르는 사람은 역시 사람 앞에서도 경외감을 갖지 않는다. 그들은 겁을 먹고 있으며 삶을 멸시하게 된다. 두려움을 모르는 것은 삶에 진저리를 치는 것, 즉 삶을 경멸하는 것과 같다.

믿음은 신뢰를 가지는 것, 연대감을 느끼는 것, 함께 생각하는 것, 함께 괴로워하고 함께 느끼는 것을 의미한다. 두려움을 모르는 사람은 신앙이 없는 사람과 다를 바 없다. 왜냐하면 그런 사람은 하느님과 관계를 맺고 있지 않기 때문이다. 하지만 하느님은 언제나 있으며 우리의 곤경을 알고 있다. 스스로 그와 관계를 전혀 맺고 있지 않다 하더라도, 곤경, 기쁨, 슬픔, 고통, 나의 삶 전체가 그의 안에 간직되어 있다.

예수는 사람과 연대하는 하느님을 선포했다. 그러나 믿고 신뢰하는 것은 우리에게 달려 있다. 하느님을 믿는 것은 결국 사람들이 마음을 함께 나누는 데서, 서로를 위해 함께 느끼는 데서, 서로에게 귀를 기울이는 데서, 고통을 실질적으로 덜어주는 데서, 힘든 길을 함께 걸어가는 데서, 고통과 절망을 함께 짊어지는 데서, 불의를 보고 질곡과 죄를 풀어내는 데서 나타난다.

그러므로 기도하기를 원한다면 우선 관계가 필요하다. 무엇보다도 우선되는 것은 자신과의 관계이고, 그 다음에 사람들과의 관계가 필요하고, 그리고 하느님과의 관계 또한 필요하다.

자기 자신이나 사람들과의 관계에서 흔히 일어나는 것이 가끔은 하느님과의 관계에서도 일어난다. 우리가 고독을 느낄 때 하느님과 모든 사람이 자기로부터 멀어져 있다고 생각한다. 아무도 나에게 관심이 없고 나는 이 세상에 오로지 혼자일 뿐이라는 생각이 확 밀려든다. 시편에서도 이런 한탄의 말이 있다. '저 위에 있는 분'은 사람들을 보살피지 않기 때문에 그 혼자서 모든 일에 책임을 져야 한다고. 나의 불행, 나의 절망, 내

검은 양도 기도할 수 있다

가 앓고 있는 병에 책임이 있다고. 관계를 맺고 있는 것 역시 이러한 회의의 근원이 된다.

내가 고통과 불행 속에서 시달리고 있을 때나 병들고 절망에 빠져 있을 때, 그럼에도 불구하고 우리는 하느님에게로 가는 길을 발견할지 모른다. 그러나 그런 힘든 상황에서 사람들은 하느님을 종종 '곤경의 자판기'로 만들어버린다. 몇 주일 동안, 흔히 몇 년 동안 하느님이 우리의 머릿속에 떠오르지 않는다—그러다가 어느 날 갑자기 그가 우리를 도와야 할 때가 생긴다. 하지만 그분은 결코 우리를 도울 수가 없다. 왜냐하면 그와 아무런 관계도 맺고 있지 않는 터라 그의 도움을 전혀 느끼지 못할 것이기 때문이다.

그런 일은 사람들 사이에서도 비슷하게 나타난다.

전혀 모르고 아무 관계도 없는 사람을 믿을 수 있을까? 아마도 아주 힘든 일일 것이다. 실수도 하고 결점도 있지만 내가 잘 알고 있으며 장점과 약점까지도 익히 알고 있는 사람이 있다면 그 사람을 믿는 것이 오히려 더 쉽다.

그러니까 기도를 시작하기 전에 우선 자신이 하느님

하느님 체험

과 관계를 맺고 있는지 스스로에게 물어야 할 것이다. 그리고 주의해야 할 것은 관계를 맺으려는 존재가 바로 자신이 말을 걸고 싶어하는 존재임을 확신하는 것이다. 이것은 자신과 사람들 또한 하느님에게도 적용된다.

가끔 하느님과 맺고 있는 관계가 앞에서 언급한 철부지 딸과 그 아버지의 관계와 같다고 생각될 때가 있을 것이다. 뭔가 필요할 때만 아버지에게로 가는 딸의 모습에서 자신을 보는가. 그리고 이 아버지는 아마도 하느님과 유사한 점이 있을 것이다. 그는 언제나 거기에 있다. 비록 그가 매번 무시되고 있기는 할지언정.

하느님은 우리가 그와 함께 가지 않을 때라도 우리와 함께 가고 있다. 저 아버지가 딸에게 반응하는 방식은 아마도 교육학적으로는 틀린 것일지 모른다. 그러나 하느님은 이 아버지와 똑같이 행동한다. 그는 우리의 약점을 깔보지 않으며, 언제나 다시 그에게로 오기를 원한다. 믿음이란 결국 사람이 하느님과 관계를 맺는 것이다. 기도할 수 있으려면 이러한 관계가 필요하다. 어떻게 관계를 형성해야 할지를 전혀 알 수 없을 정

검은 양도 기도할 수 있다

도로 하느님이 낯설게 되었다면, 우선은 자신과 함께 사는 사람들과 세상의 피조물들과 진정한 관계를 가지려고 노력하는 게 도움이 될 것이다.

기도하는 법을 배우는 데 열쇠가 되는 것은, 우리를 아주 힘들게 하고 녹초가 되도록 피곤하게 만드는 관계 맺기 작업이다. 그 작업을 하는 데는 다른 어떤 것이나 어떤 사람과의 관계를 다시 새롭게 맺어보는 것도 도움이 될 수 있다. 예를 들면 오른손으로 왼손을 만지거나 아니면 그저 한 손을 다른 손으로 가져가서 두 손이 서로 관계를 맺음을 느껴볼 수도 있다. 어쩌면 그것도 이미 기도 또는 간청의 한 형태일 수 있다.

다른 어떤 사람을 향해 단순히 마음을 가져가는 것 역시 기도가 될 수 있다. 왜냐하면 이렇게 마음을 둔다는 것이 자신에게나 그 다른 생명에게 하나의 새로운 관계를 주고, 두 사람 사이에도 하나의 새로운 관계를 주기 때문이다.

우리의 형편이 좋지 않을 때나 스스로 더 이상 희망도 신뢰도 없을 때, 우리 마음으로 주의를 돌려보자. 오른손을 가슴 위에, 심장 위에 얹어보자. 그리고 자신

하느님 체험

의 심장박동을 느껴보자. 우리는 자신과 관계를 맺을 수 있다. 그리고 항상 그런 것은 아닐지 모르지만 종종 자신의 딱딱한 심장이 감수성을 지니게 되고 접촉을 통해서 변화를 겪게 되는 일이 생기기도 한다. 이것 또한 이미 하나의 기도다.

어쩌면 우리는 많은 말에 너무 의지하고 있는지도 모른다. 기도에는 그런 것이 필요치 않다. 기도할 때 더 중요한 것은 맺고 있는 관계에 관해서 내적으로 알고 있어야 한다. 어떤 형식으로든 하나의 관계 속으로 들어갈 수 있을 때에만 하느님과의 관계의 미풍이 일게 된다. 이러한 일은 감수성을 지니고 주의를 기울이려는 노력을 할수록 더 쉬워진다. 자신의 감각과 눈, 귀, 두 손은 다른 사람들과의 관계를 만들어내는 데 최상의 도구이기 때문이다. 이 일을 해낼 수 있을 때 비로소 단절과 고립, 고독, 믿음 없음과 두려움을 알지 못함의 벽들을 넘게 되는 것이다. 하늘이 우리를 위해 활짝 열리게 된다. 그러므로 사람들과 신중하고 세심하게 교제하는 것은 삶에 있어 필수다. 모든 관계는—자신과의 관계도 마찬가지로—하느님에게로 가는 문을

검은 양도 기도할 수 있다

열어줄 수 있기 때문이다.

하느님의 별 네 개짜리 레스토랑

나는 우리 수도원에서 지하 포도주 저장소의 감독을 맡고 있으며 열정적인 아마추어 요리사이기도 하다. 그 모든 일에는 많은 노력과 신중함이 요구된다. 난 이와 동일한 것이 기도에도 적용된다는 것을 알고 있다. 그러나 나는 또 다른 경험도 한다. 우리 수도사들은 기도를 하기 위해 매일 네 번씩 모인다. 그러면서 내가 경험하는 것은 하느님이 우리가 부르는 찬미의 노래 안에 우리를 위해서 한 끼의 식사를 마련해 놓았다는 사실이다.

수도사로서 우리는 하루 종일 기도한다. 우리는 일생 동안 기도를 하는 사람들이다. 우리는 사람의 고뇌와 사람의 기쁨에 관해서 노래한다. 우리는 어찌할 바를 몰라 하는 사람들이 내뱉은 저주의 말들을 놓고 기도를 하며, 병으로 앓고 있는 사람들이 지르는 고통의 외침을 놓고 기도를 한다. 우리의 기도 속에는 우리가

하느님 체험

맛을 보고 먹게 하기 위해서 하느님이 마련한 모든 인간의 경험들이 모여든다. 이렇게 맛을 보고 먹는 것으로부터, 이러한 찬송으로부터 하나의 기도가 생겨나는데 이 기도는 더 이상 우리 자신의 역량에서 나온 것이 아니다. 그것은 하느님의 선물이다.

어떤 의미에서 볼 때 우리는 매일 하느님의 별 네 개짜리 레스토랑에 초대된 셈이다. 그는 자신이 내놓을 수 있는 최상의 음식들로 우리를 배부르게 한다. 거기에 속한 것으로는 사람들의 기쁨과 환희의 노래와 마찬가지로 상처와 절망도 있다. 어떤 노래와 기도는 내게 너무 달고, 어떤 것은 너무 쓰고 너무 거칠다. 하지만 내가 모든 걸 맛보고 경험할 때, 내가 충만한 삶을 통째로 내 안에 받아들일 때, 나는 하느님이 내게 최고급 음식으로 갖추어진 만찬을 마련해 주었음을, 그가 날마다 나를 삶의 충만함으로 이끌어준다는 사실을 느낀다.

물론 나는 모든 사람이 다 수도사는 아니라는 것을 안다. 그리고 그렇게 될 수도 없음을 안다. 그러나 나는 삶 전체가 하나의 시편이자 찬양이고, 감사이자 탄

검은 양도 기도할 수 있다

식의 노래가 될 수 있다고 확신한다. 만일 내가 맛보고 경험한다면 인생은 기도가 된다고 나는 확신한다. 시편처럼, 또 교회의 찬송가처럼.

기도를 위한 부엌은 이 땅이다. 사람들과 그들의 경험들이 재료다. 우리가 맛보고 냄새 맡고 느끼는 것은 양념이다. 삶의 부엌에는 연회를 위한 만찬만 있는 것이 아니라 단식을 위한 음식과 다이어트식품도 있다. 모든 것에는 그 나름의 때가 있고, 모든 것은 저마다 나름대로의 수고와 기쁨을 간직하고 있다.

동動하게 된다는 것

어느 날 청소년들과 대화를 나누면서 나는 이들이 기도를 할 수 있게 움직여보고 싶었다. 그들 중 한 명이 내게 말했다. "뭐라구요, 또 기도! 재미없어요. 동하게 하는 게 아무것도 없잖아요."

이 열입곱 살 난 학생의 말이 나를 깜짝 놀라게 한 건 사실이지만, 그는 옳았다. 많은 사람의 기억 속에 기도는 지루하고, 음울하며, 공허하다고 경험되었다. 그리

하느님 체험

고 그들을 동하게 하지 않았다. 나는 이 어린 청년에게 물었다. 그가 하고 싶은 것이 무엇인지, 그를 정말 동하게 하는 것이 무엇인지. 내 물음에 그가 대답했다. 축구를 하는 것, 디스코텍에서 신나게 실컷 춤추는 것, 여자애와 한 침대에서 자는 것이 동하는 것들이라고.

처음 들어서는 결코 그 뜻이 분명하게 와 닿지 않는 말이겠지만, 자의식을 갖고 기도를 하기만 한다면 기도를 통해서도 이러한 소망과 욕구는 만족될 수 있다. 축구는 우리를 필요로 하고, 우리를 다른 사람들과의 관계 속으로 데려가고, 한 팀으로 움직이는 그룹 속으로 우리를 통합해야 한다. 디스코텍에서 이들은—종종 서로에게서 떨어져서—공통의 리듬을 가지고 겉으로만이 아니라 마음으로도 함께 움직이는 사람으로서 서로를 체험한다. 한 침대에서 감미롭고 부드러운 관계로 애정을 나누며 다른 사람과 만날 때 자신이 온전히 받아들여지고 있음과 사랑받는 존재가 되었음을 체험한다.

이런 경험들은 수명이 짧거나 표면적일 수도 있다. 그렇지만 내면의 가장 깊은 곳에서는 우리를 움직일

검은 양도 기도할 수 있다

수 있는 그 무언가가 일어난다. 그러나 이 세 가지 소망 사항 속에 감춰져 있는 비밀은, 스스로 무엇인가를 하고 있음에도 그보다 더 본질적으로는 자신에게 선물이 주어진다는 사실이다.

동일한 것이 기도에도 적용된다.

물론 기도는 우선적으로 우리가 수고를 감수하기를 요구한다. 그러나 그중 대부분의 것은 우리에게 선물로 주어져 있다. 하느님이 기도에서 선물을 준다. 그는 우리가 육체와 영혼을 가진 사람으로서 사랑받고 있음을 경험하게 해준다.

우리는 이 진리를 늘 되풀이해서 새롭게 체험할 수 있다. 하늘과 땅을 만든 창조자는 나와 내 주변의 모든 것을 창조했다. 이 사실을 알고 있다면 우리는 이미 진정한 기도를 위한 기본적인 전제를 만족시키고 있는 것이다. 그리고 우리는 나의 이성뿐만 아니라, 나의 존재 전체로, 특히 나의 가슴으로 이 진리를 깨닫는다. 이것은 단순하게 들리지만, 이 진리는 오로지 제한적으로만 체험할 수 있기 때문에 믿기 힘들다. 이것을 깨닫는 데 방해가 되는 것은 자신과 다른 사람들, 그리고

하느님 체험

하느님에 대해서 우리가 진솔하지 못하는 데 있다. 몸과 마음을 지닌 다른 어떤 사람 앞에서 우리가 가면을 쓰지 않은 채 그냥 '있는 그대로' 진솔하게 있는 경우는 드물다. 우리 삶의 진리를 말로 표현하는 것뿐만 아니라, 다른 사람도 경험할 수 있게 하는 데 성공하기란 정말 드물다. 대부분 우리는 자신의 참된 삶을 감춘다. 기만은 우리가 몸이나 마음 또는 그 둘을 다 부정하는 데 있다. 여기서 기만이라고 하는 것에는 겉으로 드러나는 과장된 행동, 허영과 아양, 자부심이 포함된다.

우리 사회는 이런 식의 가면무도회를 직설적으로 요구한다. 공작처럼 위선적인 광대처럼 등장할 것을 우리에게 끊임없이 되풀이해서 기대한다. 그러나 이런 태도는 기도가 아니다. 예수 그리스도는 그렇게 기도하는 사람에 대해서 말한다. "저들은 받을 대가를 이미 다 받았다." 다시 말해 겉으로 드러나는 명예와 인정의 대가를 이미 다 받은 사람들이라고 말하는 것이다.

우리가 인간임을 부인하거나 우리의 육체와 영혼을 부인한다면, 우리는 더 이상 아무도 아니다. 사람들뿐만이 아니라 하느님도 우리와 접촉할 수 없다.

검은 양도 기도할 수 있다

진정으로 깊숙한 속마음을 내보이며 기도하기를 원하는 사람은—축구를 하거나 디스코텍에서 춤을 추거나 다른 사람과 감미로운 사랑의 애무를 할 때와 마찬가지로—자기에게 다가오는 것을 허용할 준비를 해야 한다. 모든 것을 가지고 있으므로 배부른 사람은 다른 사람들이 자기에게 접근하게 할 필요가 없고 또 그렇게 하려 하지도 않는다. 그는 자기 만족에 빠지거나 바리새인이 될 위험이 있다.

사람들은 자기의 실체를 다른 사람이 알아보지 못하게 하기 위해 자기 주위에 익명성과 허위의 보호장막을 세운다. 그래서 기도는 속이 빈 것이 되고, 허황되고 공허해지는 때가 종종 있다. 그들은 자신을 부인하고, 자신이 피조물이라는 것과 자신이 만들어졌다는 것을 부인한다. 그리고 그들 안에 하느님의 기적의 산물이 있음을 부인한다. 그러면서 스스로 만든 가면 뒤로 자신을 감춘다. 몸과 마음이 없는 존재로서 기도할 때, 자신으로부터 뿐만이 아니라 다른 사람으로부터도 스스로를 소외시키는 것이다. 누구든 그렇게 자신을 캡슐 속에 집어넣어 버린다면 동動할 수 없다. 그러나

하느님 체험

육체를 동하게 만드는 것은 마음속에서 동하게 되는 것과 마찬가지로 중요하다. 기도는 몸과 마음을 다 포괄한다.

하느님의 손으로나 다른 사람들에 의해서나 스스로를 접촉 가능한 존재로 만들 때 비로소 사람이 될 수 있다. 그래야 진정 자기 몸과 마음의 동적인 움직임, 자신의 감정과 이성과 느낌의 주인이 된다. 생각과 느낌이 말속에 담기거나 간청과 찬양이 글로 만들어졌을 때, 사람들은 흔히 그것을 기도라고 생각한다. 그러나 기도가 말속에 들어앉아 있을 때 자구 하나하나에 얽매일 위험이 있다.

그리고 공허한 기도가 되거나 알맹이 없는 기도가 될 수 있다. 기도를 완성하는 게 단지 말에 지나지 않는다면 그 말은 몸과 마음을 동하게 하지 않게, 오히려 그것들을 차갑게 내버려둔다.

기도는 몸과 마음을 담아야만 우리의 사람됨 전체가 그 속에 들어가게 된다.

제게 축복기도를!

그것은 일종의 '문을 열고 급히 나가면서 말하는 식의 대화'였다. 나는 이런 식의 대화를 전혀 좋아하지 않는다. 그것은 이성적인 대화를 허용하지 않을 뿐만 아니라 방향을 못 잡고 종잡을 수 없게 만들기 때문이다.

수도원 현관에서 나는 절망에 깊이 빠져 있는 듯 보이는 남자를 만났다. 그는 단 몇 분 만에 자신이 몇 년 전부터 한 가지 병에 시달리고 있다는 얘기를 했다. 휴가가 지나거나 바캉스를 다녀오거나 또는 휴양을 하고 오면 그는 언제나 다시 아프다는 것이다. 그를 2,3 주 정도 내내 침대에 묶어두는 것은 대부분 심한 유행성 감기였다. 그는 어떻게 해야 할지 모르고 있었다. 이미 의사란 의사는 다 찾아다니면서 진찰을 받은 뒤였다. 세심하게 그를 보살펴준 심리치료사 역시 그를 도울 수는 없었다. 증상은 계속 되풀이되어 나타났던 것이다.

이 남자는 더 이상 기댈 데가 없었다. 그는 내게 도움을 요청했다. 그러나 얼떨결에 만나서 이루어진 이런 대화 상황에서는 그를 도울 수가 없다는 것을 나는 알고 있었다. 그의 슬픈 눈빛을 보았기 때문에 나는 정식

하느님 체험

으로 만나 그의 처지에 관해서 좀더 상세한 얘기를 나눌 수 있게 약속 시간을 정하자고 제의했다. 그는 이 제의를 고맙게 받아들였다.

그런 다음 이 남자는 힘들게, 그리고 내게는 아주 뜻밖인 말을 했다. "제게 축복기도를 해주시길 간청합니다."

결국 나는 이 남자와 함께 수도원 안의 조용한 방으로 갔다. 그는 내 앞에서 무릎을 꿇었다. 나는 당황하고 놀란 마음으로 축복기도를 해주었다. 그에게 두 손을 얹고 하느님에게 힘과 원기를, 신뢰와 축복을 베풀어줄 것을 빌었다. 그러면서 나는 말했다. "선하고 인자하신 하느님이 그대를 축복할 것이라. 그가 그대에게 자신의 사랑과 힘으로 채워줄 것이라. 그가 그대에게 깨달음과 마음의 지혜를 선물로 주리라. 그는 그대가 처한 곤경 속에서 그대를 강하게 해줄 것이며, 육체와 영혼의 모든 괴로움에서 그대를 해방시켜 주리라. 그의 성스러운 천사들이 그대가 가는 길에 동행할 것이며, 전능하신 분의 보호 아래 그대는 편안해지리라." 그런 다음 나는 십자성호를 그의 머리 위에 긋고 무릎

검은 양도 기도할 수 있다

꿇은 남자를 바닥에서 일으켜 세웠다. 눈물이 그의 뺨 위로 흘러내렸다.

그가 말했다. "근데 말입니다, 전 하느님을 믿지는 않습니다. 전 오래도록 기도를 하지 않았습니다. 저를 지켜주는 신이 있는지 전 모릅니다. 하지만 전 너무나 축복을 갈망하고 있습니다." 뭔가를 찾고 있는 이 병든 사람이 나를 움직였다. 아마도 곤경과 질병이 그를 자기 안에 자리잡고 있는 느낌과 내면 깊숙이 숨어 있던 갈망으로 이끌었을 것이다. 그는 자기 자신의 한계를 뛰어넘어, 신앙을 가진 사람들이 하느님이라고 부르는 실재에게 마음을 향한 것이다. 그 자신은 아마도 이 갈망을 단지 위급한 상황에서만 그리고 병들어서만 표현할 수 있었던 것이다.

곤경에 빠진 상황에서 사람들이 갈망의 길로 들어서는 일이 자주 있다. 그들은 자신이 항상 하느님의 사랑 안에서 안전하게 보호받고 있다는 사실을 모르고 있지만, 모든 경계와 고뇌를 넘어서 도움과 지지를 주는 무엇인가가 있어야 한다는 것은 예감하고 있다.

축복해 준다는 것은 뭔가 좋은 말을 하는 것이다. 하

하느님 체험

느님의 사랑과 선함을 알려줌으로써 마음과 몸은 변화
된다. 물론 그 남자는 검증된 바 있는 의학적인 도움과
치유를 필요로 한다. 그러나 그에게 무엇보다도 필요
한 것은 자신이 하느님 안에 있고 그에 의해서 보호를
받고 있다는 사실을 경험하는 것이다.

우리 자신을 하느님을 향해 열어놓고, 하느님에게서
나오는 은총과 축복이 우리를 통과해 다른 사람과 사
물들에 전달되게 할 때, 우리는 모든 곳에서 어느 때나
축복의 말을 할 수 있다.

이런 의미에서 좋은 말 한마디 한마디가 모두 축복
의 말이 된다. 이 좋은 말을 다른 사람들이 이해할 수
있는 제스처나 성호와 결합할 때, 이 축복의 말은 더욱
큰 힘이 된다.

죽을 때도 편안하게

내가 세미나에 참석하기 위해서 기차를 타고 잘츠부르
크에서 프랑크푸르트로 가던 중이었다. 가는 도중에
전철기가 열리지 않는 고장으로 이 '인터시티' 호는 7

검은 양도 기도할 수 있다

분 동안 연착되는 걸 감수해야 했다. 나는 기차에서 내려 커다란 역내 홀을 가로지르는 길을 찾고 있었다. 많은 사람이 서두르며 지나쳐 갔고, 어떤 사람들은 그룹으로 모여서 함께 서 있거나 상점에서 무엇인가를 사려고 했다. 서둘러서—7분이 늦었기 때문에—급히 홀을 가로질러가고 있을 때였다. 크게 외치는 소리 때문에 나는 앞쪽에 서 있던 몇 사람에게로 시선을 돌리게 되었다. 주정뱅이나 노숙자로 보이는 두 사람이 다른 한 사람을 내려다보며 허리를 숙이고 있었다. 그중 하나는 계속 되풀이해서 아주 큰소리로 고함을 쳐댔다. "이 사람 죽어요, 이 사람 죽어요." 문제의 남자는 바로 직전에 쓰러졌다.

나는 이 세 남자가 있는 쪽으로 달려갔다. 나는 응급 상황에 대한 경험이 있었기에 실제로 사람이 죽어가고 있는 있음을 알 수 있었다. 그래서 나는 옆에 서 있던 사람에게 재촉했다. "어서 의사와 응급차를 불러주세요!" 그리고 나서 죽어가는 남자 옆에 무릎을 꿇었다.

"난 신부요." 내가 그에게 말했다. 그가 눈을 뜨고 도움을 구하는 눈빛으로 나를 쳐다보았다. 갑자기 그의 뺨 위로 눈물이 흘렀고, 그가 속삭이며 말했다. "평생을 두고 날마다 바라는 게 있었어요. 그건 내가 죽을 때 누군가 나와 함께 기도를 해줬으면 좋겠다는 바람이었어요."

내 눈에서도 눈물이 흘러내렸다. 나는 오른손으로 그의 머리를 받치고 다른 손으로는 땀에 젖은 그의 두 손을 잡았다. 그리고 그와 함께 기도하기 시작했다. "하늘에 계신 우리 아버지…… 당신의 뜻이 이루어지고…… 당신의 나라가 임하기를." 나는 나지막이 속삭이는 그 남자의 입술과 감사의 눈물을 보았다. 그리고 그는 나와 함께 이 기도문을 속삭이듯 조용히 읊조리면서 숨을 거뒀다.

5분이 지난 뒤 의사와 응급차가 왔지만, 의사가 할 수 있는 일은 사망 확인이 전부였다.

경찰이 왔고 영구차가 주문되었다. 내가 고인에 대해서 알 수 있었던 것은 그의 이름이 전부였다. 그리고 나는 매년 이 남자를 추모하기 위해 그 이름과 기일을 기억 속에 새겼다. 그는 평생 떠돌이 생활을 했던 노숙자였다. 아마도 그는 빈민을 위한 공동묘지 어딘가에

묻혔을 것이다. 이 사건, 이 임종, 이 죽음에. 그리고 이 남자가 했던 한 마디에 내 마음은 아주 크게 움직였다.

"평생을 두고 날마다 바라는 게 있었어요. 그건 내가 죽을 때 누군가 나와 함께 기도를 해줬으면 좋겠다는 바람이었어요."

그때 나는 프랑크푸르트에 7분 늦게 도착했지만, 그것은 정확히 때를 맞춘 시각이었던 것이다. 우연이라고? 나로서는 그것이 하느님의 선물이었다고 믿는다. 그의 성스러운 행위이자 그의 선함과 인자하심의 표시였다고 나는 믿고 있다. 하느님은 이 남자가 날마다 바랐던 것, 그의 소망의 기도를 들었던 것이다. 영원의 세계로 건너가던 그의 입술에는 확신의 말이 감돌고 있었다. "하늘에 계신 우리 아버지."

그 누구도 여기에서 하느님과 관계를 맺고 있던 한 사람이 죽으리라는 것을 몰랐을 것이다. 어쩌면 이런 식의 하느님과의 관계는 단지 하나의 소망, 하나의 생각에 지나지 않은 것이었을지 모른다. 그러나 그것은 분명 있었다. 이 근원적인 신뢰가 이 사람을 평생 지탱하고 있었던 것이다.

하느님 체험

많은 사람이 혼자 절망 속에서 죽어간다. 그중에는 날마다 기도를 한 사람들도 있다. 그러나 프랑크푸르트에서 죽은 노숙자가 가졌던 매일의 소망은 그의 기도가 표현된 것임에 분명하다. 그의 인생과 갈망, 그의 소망은 마지막 순간에 이루어졌다.

이 경험이 내겐 쉬지 않고 기도해야 한다는 확신을 준다.

검은 양도 기도할 수 있다

제목에서 우리는 이 책이 기도서라는 인상을 받는다. 그러나 저자는 이 책을 기도 지침을 담고 있는 통상적인 기도서와 구별한다. 역자인 나의 시각으로는 이 책이 일반적인 기도서와는 구별되는 기도의 길잡이라고 말하고 싶다. 왜냐하면 저자는 어떻게 기도를 해야 하는지를 처방으로 제시하지 않기 때문이다. 또한 어떤 형식의 기도가 진정한 기도인지, 어떤 기도를 통해서 기적이 일어나는지 제시하지 않는다.

기도는 진실한 생활과 관계에서 나온다. 평생을 반려자로 함께 살아온 친구가 홀로 남는 걸 안타까워하며 죽음에 맞서 버티는 수도사 앞에서 "놓아버리게!"라고 할 수 있는 것, 그것을 저자는 진정한 기도라고 말한다. 왜냐하면 사랑하는 사람을 떠나보내는 것은 말할 수 없이 힘든 일이기 때문이다.

이 책은 하느님을 믿지는 않지만 기도하기를 원하는 사람 모두를 위해서 쓰여졌다. 이 책을 읽어볼까 망설이는 예비독자나 벌써 이 책을 선택한 독자는 제목과 부제를 접하면서 머리를 갸웃거릴 수 있다. 심지어 이러한 것들이 특정 독자층의 기분을 불필요하게 상하게 할 수 있을지도 모른다. 단순한 추론을 엮어낼 줄 아는 독자라면 누구나 저자가 하느님을 믿지 않는 사람을 검은 양이라고 생각한다는 결론을 내릴 것이다. 그리고 '검은 양'이라는 표현의 의미를 알게 된다면 신앙인이 아닌 사람들은 불쾌한 반응을 보일 수 있다.

이런 의미에서 나는 이 책을 접하는 독자나 예비독자가 하게 될지도 모를 종교적 선先판단, 그리고 그로 인해 생길 수 있는 몇 가지 오해와 종교적 편견들을 저자가 해소하고자 한다는 점을 분명히 하는 것으로, 역자 후기를 대신하고자 한다.

그리하여 이 책을 접하는 예비독자나 독자가 종교적인 편견을 잠시나마 잊은 채 머리가 아니라 침묵의 마음으로 저자의 글을 대할 수 있게 되지 않을까 하는 기대를 갖는다.

독일어 표현인 'schwarze Schafe'에 대해 달리 더 좋은 표현이 떠오르지 않아서 직역한 '검은 양'은 적어도 독일어권에서는 부정적인 의미로 사용된다. 즉 한 공동체 내에서 불편하게 받아들여지고, 그 결과 아웃사이더로 여겨지는 일원을 '검은 양'이라고 부른다. 상황에 따라서 이 말에는 '저 친구 때문에 우리 모두가 욕을 얻어 먹어'와 같은 내포적 의미가 담기며 가끔 경멸이 섞인 뉘앙스가 실리기도 한다. 흰 양의 무리 속에 끼어 있는 검은 양을 생각하면 누구나 그 의미를 직관적으로 짐작할 수 있을 것이다.

결국 이 의미를 알고 책을 접하는 예비독자는 이 책은 하느님을 믿지 않는 사람을 교화되어야 할, 심지어는 제외되어야 할 아웃사이더로 규정한다는 인상을 받을 수 있다.

예를 들면 기독교를 믿지 않고 다른 종교를 믿는 독자나 예비독자는 이렇게 말할 수 있다.

"그럼 저들만 모두가 순수하고 완전한 양이며, 난 처음부터 속까지 시커먼 검은 양이란 말이야 뭐야!", "어차피 그들이 하는 기도는 그들의 신을 향한 것이고, 나를 검은 양으로 취급하며 인심 쓰듯 끼어주겠다는 건 날 개종시키겠다는 뜻 아냐!"

그러나 정말 그렇게 생각하는 사람이 있다면 오해라고 단언할 수 있다.

저자는 분명 '검은 양'의 사전적이고 직관적인 의미를 염두에 두고 책의 내용을 구성하고 제목을 선택하긴 했지만, 그렇다고 하느님을 믿는 사람을 흰 양이라고는 전제하지 않았을 뿐만 아니라 실제로 흰 양과 검은 양의 구별도 보류해 놓고 있다. 심지어 그는 흰 양과 검은 양의 구별을 인간의 선판단적 인식 습관의 소치로 보기까지 한다.

검은 양에 대한 저자의 입장을 알기를 원하는 독자에게 나는 먼저 이 책의 제3장 첫 번째 글 후반부를 읽어볼 것을 권한다. 아무튼 역자로서는 저자가 이른바 신앙인이 아닌 사람이나 타종교인에 대해 그 어떤 규정도, 선판단도, 내리지 않는다는 점을 강조하고 싶다.

주로 저자의 체험이 담긴 일화로 구성되어 있는 이 책에는 소위 신앙인이라고 자처하는 다수의 사람에 관한 이야기가 있다. 그런데 그들 모두가 흰 양으로 묘사되고 있지는 않다. 아니 오히려 저자는 그들 중 일부를 시커먼 양이라고까지 암시하기도 한다. 예컨대 5장에서 「하느님을 믿는 테러리스트들」이라는 제하의 일화에서 저자는 신앙인들의 폭력성과 광신적 근본주의자의 무정함을 간접적으로 고발한다. 그리고 이들이 번들번들한 낯빛과 말로만 떠드는 기도가 지니고 있는 위선과 공허와 자기 파괴성을 비판한다. 이런 의미에서 이 책은 기도는 하되 제대로 기도할 줄 모르는 사람들을 위해서 유용할 수 있고, 모든 사람을 잠재적인 독자로 설정하고 있다고 봐야 할 것이다.

이 책의 주제는 근본적으로 기도다. 저자는 기도를 일상생활의 진실한 관계 속에서 진정한 마음을 표현하는 형식으로 이해하고 있다. 여기에서 말은 중요하지 않다. 저자는 공원길을 산책하는 단순한 행위도 기도일 수 있다고 한다. 매일 아침 이부자리에서 일어날 때마다 느끼는 것이나 뇌리를 스치는 생각의 잔상도 기도일 수 있음을 저자는 암시한다. 이렇듯 저자는 '기도'의 일반적인 통념에 들어 있지 않은 많은 패턴의 기도가 있으며, 그 다양한 기도에서 정말로 중요한 것이 무엇인지를 메시지로 전달하고자 한다. 따라서 이 책은 기도의 의미를 되새기게 해주는 흔치 않은 계기를 마련해 줄 것이다.

또한 서문에서 저자는 터키의 한 이슬람교 탁발승을 만

난 이야기를 전한다. 그리고 6장의 「영혼은 천천히 여행한다네」라는 제하의 짧은 글에서도 한 이슬람교도의 신앙의 자세에 관해서 보고한다. 인도의 명상교사의 말을 인용하며 유럽의 기독교인들의 그릇된 기도와 명상 습관을 꼬집기도 한다.

뿐만 아니라 저자는 하느님을 특정 종교나 종파의 배타적 전유물로 생각하지 않는다. 또한 우리 삶 속에 내재되어 있는 그 어떤 형태의 초월적 성격도 모두 하느님의 속성으로 받아들인다고 말 할 수 있다.

이런 의미에서 이 책은 자신과 타인의 삶을 별개가 아니라 하나로 생각하며 경건하게 받아들이는 사람, 자기 자신, 타인, 사물, 자연과의 관계를 사랑과 진실로 가꾸어 가고자 소망하고 노력하는 사람들, 그리고 그렇지 못한 사람들 모두에게 좋은 벗이 될 수 있을 것이다.

2003년의 크리스마스를 앞두고 박해영

검은 양도 기도할 수 있다

펴낸날	2003년 12월 22일 초판 1쇄
지은이	요한네스 파우쉬 · 게르트 뵘
옮긴이	박해영
펴낸이	이숙경
주 간	권태현
기획위원	이흔복
편집부장	신승철
편 집	김혜정 이영란 원종국
디자인	이현정 임용순
마케팅	강진호 이정숙
관 리	박순덕
펴낸곳	이가서
주 소	서울시 마포구 서교동 330-1 2F
전 화	02-336-3503
팩 스	02-336-3009
이메일	leegaseo@naver.com
등록번호	제10-2539호
ISBN	89-90365-51-1 03850

가격은 뒤표지에 있습니다.